A ONDA

TODD STRASSER

A ONDA

Tradução
Paula Di Carvalho

5ª edição

— **Galera** —

RIO DE JANEIRO

2025

CIP-BRASIL. CATALOGAÇÃO NA PUBLICAÇÃO
SINDICATO NACIONAL DOS EDITORES DE LIVROS, RJ

S89o Strasser, Todd,
5ª ed. A Onda / Todd Strasser; tradução de Paula Di Carvalho. – 5ª ed. –
Rio de Janeiro: Galera Record, 2025.

Tradução de: The wave
ISBN: 978-85-01-11881-3

1. Ficção americana. I. Carvalho, Paula Di. II. Título.

20-62352
CDD: 813
CDU: 82-3(73)

Vanessa Mafra Xavier Salgado – Bibliotecária – CRB-7/6644

Título original:
The wave

Copyright © 1981 by Dell Publishing Co., Inc., and T.A.T. Communications Company

Esta tradução foi publicada mediante acordo com a Random House Children's Books, um selo da Penguin Random House LLC

Todos os direitos reservados. Proibida a reprodução, no todo ou em parte, através de quaisquer meios. Os direitos morais do autor foram assegurados.

Texto revisado segundo o novo Acordo Ortográfico da Língua Portuguesa.

Direitos exclusivos de publicação em língua portuguesa somente para o Brasil adquiridos pela
EDITORA RECORD LTDA.
Rua Argentina, 171 – Rio de Janeiro, RJ – 20921-380 – Tel.: (21) 2585-2000, que se reserva a propriedade literária desta tradução.

Impresso no Brasil

ISBN 978-85-01-11881-3

Seja um leitor preferencial Record.
Cadastre-se no site www.record.com.br e receba informações sobre nossos lançamentos e nossas promoções.

Atendimento e venda direta ao leitor:
sac@record.com.br

PREFÁCIO

A Onda é baseado num incidente real que ocorreu numa aula de história de ensino médio em Palo Alto, Califórnia, em 1969. De acordo com o professor Ron Jones, ninguém falou sobre o assunto pelos três anos seguintes. "Foi um dos eventos mais assustadores que eu já presenciei numa sala de aula", disse ele.

"A Onda" abalou uma escola inteira. Este livro dramatiza o incidente, mostrando como o poder da pressão coletiva — que já permeou tantos movimentos históricos e cultos — pode persuadir as pessoas a se juntar a um grupo e a abrir mão de seus direitos individuais no processo, às vezes causando um grande mal aos outros. A totalidade do que os alunos viveram e aprenderam é retratado de maneira realista nesta obra.

Em complemento ao livro, *A Onda* foi transformado em um programa televisivo de uma hora para a emissora ABC por

Virginia L. Carter, diretora-executiva das produtoras Tandem Productions e T.A.T. Communications Company.

> Harriet Harvey Coffin
> Consultora de projetos
> T.A.T. Communications Company

CAPÍTULO 1

Laurie Saunders estava na redação do jornal do Colégio Gordon, mordendo a ponta de uma caneta Bic. Ela era bonita, tinha cabelo castanho-claro curto e um sorriso quase permanente, que só desaparecia quando estava aborrecida ou mordendo canetas Bic. Ultimamente, Laurie vinha mordendo muitas canetas. Na verdade, não havia uma única caneta em sua bolsa cuja tampa não estivesse destruída por mordidas nervosas. Ainda assim, era melhor que fumar.

A garota observou o pequeno escritório ao seu redor, uma sala repleta de escrivaninhas, máquinas de escrever e mesas de luz. Naquele momento, deveria haver alunos utilizando todas aquelas máquinas, digitando matérias para *A Videira*, o jornal da escola. A equipe de arte e design deveria estar trabalhando nas mesas de luz, diagramando a próxima edição. Mas, em vez disso, a sala estava vazia, exceto por Laurie. A questão era que o dia estava lindo lá fora.

Ela sentiu o tubo plástico da caneta quebrar. A mãe da garota já lhe dissera que um dia ela morderia uma caneta até estilhaçar, então um longo pedaço de plástico se alojaria em sua garganta, fazendo com que se engasgasse até morrer. Só sua mãe para falar uma coisa dessas, pensou Laurie com um suspiro.

Ela ergueu o olhar para o relógio na parede. Faltavam apenas alguns minutos para o fim daquele tempo. Não havia nenhuma regra dizendo que os alunos precisavam trabalhar na redação durante os tempos vagos, mas todos sabiam que a próxima edição do *Videira* precisava ser entregue na semana seguinte. Será que não podiam abrir mão de seus frisbees, cigarros e bronzeados por apenas alguns dias para publicar uma edição do jornal no prazo?

Laurie devolveu a caneta à bolsa e começou a juntar seus cadernos para o próximo tempo. Era inútil. Desde que entrara para a equipe, três anos antes, o *Videira* sempre saía atrasado. Não fez a mínima diferença ela se tornar editora-chefe. O jornal seria feito quando todo mundo resolvesse fazê-lo.

A garota saiu para o corredor, fechando a porta da redação atrás de si. Estava praticamente vazio; o sinal anunciando o início do próximo tempo ainda não tocara, e só havia alguns alunos por ali. Laurie passou por algumas portas, parou em frente a uma sala de aula e espiou pela janela.

Do lado de dentro, sua melhor amiga, Amy Smith, uma garota pequena de cabelo cacheado e cheio, à la Cachinhos Dourados, tentava sobreviver aos momentos finais da aula de francês do sr. Gabondi. Laurie tivera essa aula no ano anterior, e fora uma das experiências mais insuportavelmente entediantes da sua vida. Ele era um homem baixo, negro e corpulento que sempre parecia estar suando, mesmo nos dias mais frios do inverno. Quando ensinava, usava um tom de voz monótono e maçante que poderia facilmente colocar o mais inteligente dos alunos para dormir. E mesmo que a matéria não fosse difícil, Laurie se lembrava de como fora quase impossível prestar atenção o bastante para tirar nota máxima.

Ao assistir à amiga lutar para se manter interessada, Laurie decidiu que ela precisava de um pouco de alegria. Assim, se posicionando do lado de fora da porta de uma maneira que Amy conseguisse vê-la, mas Gabondi não, Laurie ficou vesga e fez uma careta boba. A reação da amiga foi tapar a boca para segurar uma risada. Laurie fez outra careta e Amy tentou não olhar, mas ela não conseguia evitar se virar para conferir o que a amiga estava fazendo. Então Laurie fez sua famosa cara de peixe: puxou as orelhas, ficou vesga e fez biquinho. Amy se esforçava tanto para não rir que lágrimas escorriam pelas bochechas.

Laurie sabia que não deveria fazer mais nenhuma careta. Observar Amy era engraçado demais; qualquer coisa a fazia rir. Se Laurie continuasse, a amiga provavelmente cairia da cadeira bem no corredor entre as mesas. Mas Laurie não conseguia resistir. Virando de costas para criar suspense, ela contraiu a boca e arregalou os olhos, então girou o corpo.

Deu de cara com um sr. Gabondi muito irritado parado à porta. Atrás dele, Amy e o resto da turma riam histericamente. Laurie ficou boquiaberta. Mas antes que o professor pudesse repreendê-la, o sinal tocou e todos os alunos começaram a passar por ele para sair da sala. Amy saiu com as mãos pressionando a barriga, que doía de tanto rir. Enquanto o sr. Gabondi as olhava sério, as duas garotas saíram de braços dados em direção à aula seguinte, sem fôlego para continuar rindo.

Na sala de história, Ben Ross, debruçado sobre um projetor, tentava passar a fita de um filme pelo labirinto complexo de bobinas e lentes. Era sua quarta tentativa e ele ainda parecia longe de conseguir. Frustrado, Ben deslizou os dedos por seus cabelos castanhos ondulados. O professor passara a vida sendo atordoado por máquinas; projetores, carros, até mesmo a bomba de gasolina do posto local o deixava maluco.

Ele nunca conseguira entender por que era tão inepto, então, quando o assunto era qualquer objeto mecânico, Ben deixava a cargo de Christy, sua esposa. Ela ensinava música e regia o coral no Colégio Gordon, além de cuidar de tudo que exigisse habilidade manual em casa. Christy frequentemente brincava que não confiava no marido nem para trocar uma lâmpada, por mais que ele insistisse que era exagero. Ben já trocara muitas lâmpadas na vida, e só se lembrava de ter quebrado duas.

Até aquele momento de sua carreira no Colégio Gordon — Ben e Christy davam aula ali havia dois anos —, ele conseguira esconder suas inabilidades mecânicas. Ou melhor, elas haviam sido ofuscadas por sua fama crescente como um professor excepcional. Os alunos de Ben falavam sobre seu empenho; sobre como ele se mostrava tão interessado e envolvido num assunto que eles não conseguiam evitar sentir interesse também. Ele era "contagioso", comentavam os alunos, querendo dizer que era carismático. Conseguia se comunicar com eles.

Os colegas de Ross tinham sentimentos um pouco mais controversos. Alguns ficavam impressionados com sua energia, dedicação e criatividade. Diziam que ele dava uma nova cara à sala de aula, que tentava ensinar aos alunos os aspectos práticos e relevantes da história sempre que possível. Se estivessem estudando o sistema político, ele dividiria a turma em partidos. Se estudassem um julgamento famoso, poderia escolher um aluno para ser o réu, outros para serem os advogados de acusação e defesa e outros para atuarem como júri.

Mas certos integrantes do corpo docente eram mais céticos em relação a Ben. Alegavam que ele era apenas jovem, ingênuo e empolgado demais, que depois de alguns anos se acalmaria e passaria a ministrar as aulas da maneira "certa": muitas leituras, testes semanais e palestras. Outros simplesmente diziam não gostar do fato de ele nunca usar terno e gravata. Um ou dois até poderiam admitir estar apenas com inveja.

Mas se havia uma coisa que não causava inveja em professor algum, essa coisa era a inabilidade de Ben para lidar com projetores. Ainda que fosse brilhante em outras situações, naquele momento ele só coçava a cabeça e encarava o emaranhado de celuloide amontoado dentro da máquina. A turma de história do último ano chegaria em apenas alguns minutos, e fazia semanas que ele ansiava por mostrar aquele filme para eles. Por que não ensinavam a encaixar o filme na máquina no curso de formação de professores?

Ross desenroscou o filme do aparelho e o recolheu no rolo. Sem dúvida, algum de seus alunos seria especialista em audiovisual e faria a máquina funcionar num instante. Ele voltou à sua mesa e pegou uma pilha de redações que queria distribuir aos alunos antes de assistirem ao vídeo.

As notas nos deveres de casa tinham se tornado previsíveis, pensou Ben ao folheá-los. Como de costume, havia duas redações nota 10, de Laurie Saunders e Amy Smith. Havia um 9, depois a quantidade esperada de 8 e 7. Havia dois 6. Um de Brian Ammon, o capitão do time de futebol americano que parecia gostar de tirar nota baixa, mesmo que fosse óbvio para Ben que ele era inteligente o bastante para se sair muito melhor se tentasse. O outro 6 era de Robert Billings, o pária da turma. Ross balançou a cabeça. O filho dos Billings era um verdadeiro problema.

O sinal tocou no corredor, e Ben ouviu o barulho das portas se abrindo com força e dos jovens fluindo para o corredor. Era peculiar como os alunos saíam das salas tão rápido, mas, de alguma forma, chegavam à aula seguinte em passo de tartaruga. De maneira geral, Ben acreditava que o modelo de escola dos dias de hoje era melhor para o processo de aprendizagem dos adolescentes do que na sua época de garoto. Mas algumas coisas o incomodavam. Uma delas era o desinteresse dos alunos em chegar à sala no horário. Às vezes, cinco ou dez minutos preciosos de aula eram perdidos enquanto eles se arrastavam para dentro. Em sua época de estudante, se o aluno não estivesse em sala quando o segundo sinal tocasse, ele estaria encrencado.

O outro problema era o dever de casa. Os alunos simplesmente não se sentiam motivados a fazê-los. Você podia gritar, ameaçá-los com notas baixas ou detenções, mas não importava. O dever de casa se tornara praticamente opcional. Ou, como um de seus alunos do nono ano dissera outro dia: "Claro que sei que o dever de casa é importante, sr. Ross, mas minha vida social vem primeiro".

Ben deu uma risada. Vida social.

Os alunos começavam a entrar na sala. Ross avistou David Collins, um garoto alto e bonito que atuava como volante no time de futebol. Ele também era namorado de Laurie Saunders.

— David — chamou Ross —, acha que pode preparar o projetor para mim?

— Pode deixar — respondeu David.

Enquanto Ross observava, David ajoelhou ao lado da máquina e começou a trabalhar com dedos ágeis. Em apenas alguns segundos, o filme estava pronto para ser reproduzido. Ben sorriu e agradeceu.

Robert Billings entrou na sala fazendo barulho. Era um garoto corpulento, com a camisa sempre para fora da calça e o cabelo bagunçado de todos os dias, como se nunca se desse ao trabalho de penteá-lo ao sair da cama de manhã.

— Vamos ver um filme? — perguntou ele ao avistar o projetor.

— Não, idiota — respondeu um garoto chamado Brad, que gostava particularmente de atormentá-lo. — O sr. Ross só gosta de montar projetores por diversão.

— Ok, Brad — cortou Ben em tom severo. — Chega.

Um número de alunos havia entrado na sala, o suficiente para Ross começar a entregar as redações.

— Muito bem — falou em voz alta para atrair a atenção da turma. — Aqui estão os trabalhos da última semana. De maneira geral, vocês foram bem.

Ele caminhou por entre as fileiras entregando os textos para seus autores.

— Mas vou alertá-los de novo. Essas redações estão ficando muito desleixadas.

Ele parou e ergueu um dos papéis para a turma.

— Olhem isso. É realmente necessário desenhar nas margens do dever de casa?

A turma deu risadinhas.

— De quem é esse? — perguntou alguém.

— Não interessa.

Ben virou as folhas na mão e continuou a distribuí-las.

— De agora em diante, vou começar a tirar ponto de qualquer redação rasurada. Se você decidiu mudar muitas coisas no texto, faça uma cópia nova e caprichada antes de me entregar. Entenderam?

Alguns alunos assentiram. Outros nem prestavam atenção. Ben foi até a frente da sala e puxou a tela de projeção. Era a terceira vez naquele semestre que conversava com eles sobre trabalhos desleixados.

CAPÍTULO 2

Eles estavam estudando a Segunda Guerra Mundial, e o filme que Ben Ross passou para a turma naquele dia era um documentário sobre as atrocidades cometidas pelos nazistas nos campos de concentração. Na sala de aula escura, a turma encarava a tela. Eles viam homens extremamente magros e mulheres tão famintas que pareciam não passar de esqueletos cobertos de pele. Pessoas cujos joelhos eram as partes mais largas de suas pernas.

Ben já tinha visto aquele filme e outros parecidos uma dezena de vezes. Mas as cenas de crueldade inumana tão implacável ainda o horrorizavam e o deixavam com raiva. Enquanto o filme passava, ele falou com a voz emocionada à turma:

— O que vocês estão vendo aconteceu na Alemanha entre 1934 e 1945. Foi obra de um homem chamado Adolf Hitler, originalmente um trabalhador braçal, porteiro e pintor de casas que decidiu se arriscar na política depois da Primeira Guerra

Mundial. A Alemanha tinha sido derrotada nessa guerra, o líder do país estava cada vez mais fraco, a inflação em alta, e milhares de alemães na rua, sem comida e emprego.

"Para Hitler, foi uma oportunidade de subir depressa na hierarquia do Partido Nazista. Ele adotou a teoria de que os judeus foram os destruidores da civilização e que os alemães eram uma raça superior. Hoje em dia nós sabemos que Hitler era um paranoico, um psicopata, literalmente um louco. Em 1923 ele foi preso por suas atividades políticas, mas em 1934 ele e seu partido já tinham tomado o controle do governo alemão."

Ben parou por um momento para deixar os alunos assistirem mais ao filme. Eles viam as câmeras de gás e as pilhas de corpos dispostos como lenha para fogão naquele momento. Os esqueletos humanos ainda vivos tinham a tarefa pavorosa de empilhar os mortos sob os olhos atentos dos soldados nazistas. Ben sentiu o estômago revirar. Pelo amor de Deus, como alguém era capaz de obrigar outra pessoa a fazer uma coisa daquelas, ele se perguntava.

— Os campos de extermínio eram o que Hitler chamava de "solução final para o problema dos judeus". Mas qualquer um, não apenas judeus, julgado pelos nazistas como inadequado à sua raça superior era mandado para lá. Eles eram arrebanhados para campos por todo o Leste Europeu, onde trabalhavam, passavam fome e eram torturados; quando não aguentavam mais trabalhar, eram exterminados nas câmeras de gás. Seus restos eram descartados em fornos.

Ben fez uma breve pausa, então adicionou:

— A expectativa de vida dos prisioneiros dos campos era de 270 dias. Mas muitos não sobreviviam nem uma semana.

A tela mostrava os prédios onde ficavam os fornos. Ben considerou dizer aos alunos que a fumaça que se erguia das chaminés era de carne humana queimada. Mas não fez isso. Assistir a esse filme já seria terrível o bastante. Graças a Deus a humanidade ainda não tinha inventado uma maneira de transmitir cheiros através dos filmes, porque o pior de tudo seria o fedor, o fedor do ato mais hediondo já cometido na história da humanidade.

Quando o filme estava chegando ao fim, Ben contou aos alunos:

— No total, os nazistas assassinaram mais de dez milhões de homens, mulheres e crianças em seus campos de extermínio.

O filme acabou. Um garoto próximo à porta acendeu as luzes. Quando Ben olhou ao redor da sala, a maioria dos alunos parecia atordoada. Seu objetivo não era chocá-los, mas ele sabia que o filme faria exatamente isso. A maior parte daqueles adolescentes tinha crescido na comunidade pequena e suburbana que se espalhava preguiçosamente ao redor do Colégio Gordon. Eram produtos de família estáveis de classe média, e, apesar da mídia saturada de violência que permeava a sociedade, eram surpreendentemente ingênuos e protegidos. Mesmo nesse momento, alguns alunos começavam a fazer brincadeiras. A miséria e o horror retratados no filme devem ter parecido apenas outro programa de televisão para eles. Robert Billings, sentado perto das janelas, dormia com a cabeça afundada nos braços sobre a carteira. No entanto, próximo à fileira da frente, Amy Smith parecia estar secando uma lágrima. Laurie Saunders também parecia abalada.

— Sei que muitos de vocês estão abalados — disse Ben à turma. — Mas eu não passei esse filme hoje só para que se emocionassem. Quero que pensem sobre o que viram e o que eu falei. Alguém tem alguma pergunta?

Amy Smith ergueu a mão depressa.

— Sim, Amy?

— Todos os alemães eram nazistas?

Ben balançou a cabeça.

— Não. Na verdade, menos de dez por cento da população da Alemanha pertencia ao Partido Nazista.

— Então por que ninguém tentou impedi-los? — perguntou ela.

— Não sei dizer ao certo, Amy — respondeu Ross. — Só posso supor que eles estivessem com medo. Os nazistas podiam ser uma minoria, mas eram uma minoria altamente organizada, armada e perigosa. Você precisa lembrar que o restante da população alemã era desorganizado, desarmado e assustado. Também tinham passado por um período terrível de inflação, que praticamente arruinou o país. Talvez alguns deles torcessem para que os nazistas fossem capazes de recuperar a economia. De qualquer maneira, depois da guerra, a maioria dos alemães alegou não saber sobre as atrocidades cometidas.

Perto da primeira fila, um jovem negro chamado Eric levantou a mão com urgência.

— Isso é bizarro — disse ele. — Como dez milhões de pessoas podem ser assassinadas sem que ninguém perceba?

— Pois é — concordou Brad, o garoto que havia implicado com Robert Billings antes da aula começar. — Não pode ser verdade.

Era óbvio para Ben que o filme tinha afetado boa parte da turma, e ele estava satisfeito. Era bom vê-los preocupados com alguma coisa.

— Bem — respondeu para Eric e Brad. — Só posso dizer a vocês que, depois da guerra, os alemães disseram que não sabiam nada sobre os campos de concentração ou as matanças.

Foi a vez de Laurie Saunders erguer a mão.

— Mas Eric está certo — começou ela. — Como os alemães ficaram parados enquanto os nazistas matavam pessoas do lado deles e ainda falaram que não sabiam do que estava acontecendo? Como puderam fazer isso? Como puderam sequer alegar isso?

— Só o que posso dizer — repetiu Ben — é que os nazistas eram extremamente organizados e temidos. O comportamento do restante da Alemanha é um mistério; por que eles não tentaram impedi-los, como puderam alegar que não sabiam... Nós não temos como saber as respostas.

A mão de Eric voltou a se erguer.

— Só o que posso dizer é: eu nunca deixaria um grupo tão pequeno comandar a maioria.

— É — disse Brad. — Eu não deixaria uns nazistas me ameaçarem para depois fingir que não vi nem ouvi nada.

Havia outras mãos questionadoras no ar, mas antes que Ben conseguisse deixar alguém falar, o sinal tocou e a turma se apressou para o corredor.

David Collins se levantou. Seu estômago roncava loucamente. Ele acordara atrasado naquela manhã e precisara pular seu café da manhã de três pratos para chegar à escola na hora. Mesmo que o filme passado pelo sr. Ross o tivesse realmente perturbado, ele não conseguia deixar de pensar que o próximo tempo era o almoço.

Ele olhou para Laurie Saunders, sua namorada, que continuava na cadeira.

— Vamos, Laurie — apressou ele. — Precisamos chegar logo ao refeitório. Você sabe como as filas ficam longas.

Mas ela gesticulou para que ele fosse sozinho.

— Te encontro mais tarde.

David fez uma careta. Estava dividido entre esperar pela namorada e encher o estômago faminto. O estômago ganhou, e David seguiu para o corredor.

Depois que ele foi embora, Laurie se levantou e olhou para o sr. Ross. Só havia mais dois alunos na sala. E, exceto por Robert Billings, que estava acordando do seu cochilo, esses alunos eram os que mais pareciam perturbados pelo filme.

— Não consigo acreditar que todos os nazistas eram tão cruéis — comentou Laurie com o professor. — Não acho que alguém possa ser tão cruel.

Ben assentiu.

— Depois da guerra, muitos nazistas tentaram justificar seu comportamento dizendo que estavam apenas seguindo ordens e que seriam mortos se não obedecessem.

Laurie balançou a cabeça.

— Não, isso não é desculpa. Eles podiam ter fugido. Podiam ter revidado. Tinham os próprios olhos e as próprias mentes. Podiam pensar por conta própria. Ninguém *simplesmente* seguiria uma ordem desse tipo.

— Mas é o que eles alegaram — respondeu Ben.

Laurie voltou a balançar a cabeça.

— É doentio — falou ela, cheia de repulsa. — Totalmente doentio.

Ben apenas assentiu.

Robert Billings tentou passar pela mesa do professor sem ser notado.

— Robert — chamou Ben. — Espere um minuto.

O garoto paralisou, mas não conseguiu encarar o professor.

— Você está dormindo o suficiente em casa?

Robert assentiu estupidamente.

Ben suspirou. Ele vinha tentando se comunicar com o garoto o semestre inteiro. Não suportava assistir aos outros implicando com ele e ficava desanimado pelo fato de Robert nem tentar participar da aula.

— Robert — disse o professor em tom severo —, se você não começar a participar das aulas, eu vou ter que reprová-lo. Nunca vai se formar nesse ritmo.

Robert lançou um breve olhar para o professor.

— Você não tem nada a dizer?

O garoto deu de ombros.

— Eu não ligo — disse.

— Como assim, você não liga?

Robert deu alguns passos na direção da porta. Ben notou que ele estava desconfortável com as perguntas.

— Robert?

O garoto parou, mas continuava incapaz de olhar para o professor.

— Eu não faria nada de bom de qualquer jeito — murmurou.

Ben se perguntou o que poderia dizer. O caso de Robert era difícil: o irmão mais novo chafurdando na sombra do mais velho, que era o exemplo perfeito do aluno de excelência e o cara importante no campus. Jeff Billings tinha sido um dos melhores arremessadores do ensino médio e hoje em dia fazia parte de um dos times do Baltimore Orioles, além de estudar medicina quando estava fora da temporada de jogos. Na escola fora um aluno nota 10 que se destacava em tudo que fazia. O tipo de cara que até Ben quando estava no ensino médio desprezava.

Ao ver que nunca poderia competir com o sucesso do irmão, Robert aparentemente tinha decidido que era melhor nem tentar.

— Escuta, Robert — arriscou Ben —, ninguém espera que você seja outro Jeff Billings.

Robert lançou um breve olhar para o professor antes de começar a roer a unha com nervosismo.

— Só estamos pedindo para você tentar — completou Ben.

— Preciso ir — disse o garoto, olhando para o chão.

— Eu nem ligo para esportes, Robert.

Mas o garoto já avançava devagar para a porta.

CAPÍTULO 3

David Collins estava sentado no pátio perto do refeitório. Ele já havia engolido metade do almoço quando Laurie chegou, e estava voltando a se sentir um ser humano normal. Observou a namorada colocar a bandeja ao lado da sua, então notou que Robert Billings também se encaminhava para o pátio.

— Ei, olha — sussurrou David quando Laurie se sentou.

Eles assistiram enquanto Robert saía do refeitório carregando uma bandeja e procurando um lugar para se sentar. O garoto já tinha começado a comer e estava parado na porta com metade de um cachorro-quente para fora da boca.

Havia duas garotas da aula de história do sr. Ross na mesa escolhida por Robert. Quando ele pousou a bandeja, as duas se levantaram e levaram as refeições para outra mesa. Robert fingiu não notar.

David balançou a cabeça.

— O intocável particular do Colégio Gordon — murmurou.

— Você acha que tem alguma coisa de errado com ele? — perguntou Laurie.

David deu de ombros.

— Não sei. Desde que me lembro, ele sempre foi bem esquisito. Mas se as pessoas me tratassem assim, eu provavelmente seria bem esquisito também. Só é estranho que ele e o irmão venham da mesma família.

— Eu já te falei que minha mãe conhece a mãe dele? — perguntou Laurie.

— Ela fala dele?

— Não. Só uma vez que eu acho que ela me contou que eles o analisaram e descobriram que seu Q.I. é normal. Ele não é burro de verdade, nem nada assim.

— Só esquisito — concluiu David antes de voltar a comer.

Mas Laurie só beliscou o almoço dela. Parecia preocupada.

— O que foi? — perguntou o namorado.

— Aquele filme, David — respondeu ela. — Ele realmente me incomodou. Não te incomodou?

David pensou por momento, então falou:

— Sim, claro, me incomoda por ser algo horrível e que realmente aconteceu. Mas isso faz muito tempo, Laurie. Para mim é uma parte da história. Nós não podemos mudar o que aconteceu naquela época.

— Mas não podemos esquecer.

Laurie tentou dar uma mordida no hambúrguer, então fez uma careta e o abaixou.

— Bem, mas não dá para passar o resto da vida de baixo-astral também — argumentou David, lançando um olhar para o hambúrguer quase inteiro da namorada. — Aliás, você vai comer isso?

Ela fez que não com a cabeça. O filme tirara seu apetite.

— Vai fundo.

David não apenas foi fundo no hambúrguer dela, como terminou suas batatas fritas, a salada e o sorvete. Laurie estava virada para ele, mas com olhos distantes.

— Humm — murmurou David, limpando a boca com um guardanapo.

— Gostaria de mais alguma coisa?

— Bem, para ser sincero...

— Ei, esse lugar está ocupado? — perguntou alguém atrás deles.

— Eu cheguei primeiro! — exclamou outra voz.

David e Laurie levantaram a cabeça e avistaram Amy Smith e Brian Ammon, o capitão do time de futebol americano, se aproximando da mesa deles, vindos de direções opostas.

— Como assim você chegou primeiro? — perguntou Brian.

— Bem, quis dizer que queria ter chegado primeiro — respondeu Amy.

— Querer chegar primeiro não vale — retrucou Brian. — Além disso, eu preciso falar com David sobre futebol.

— E eu preciso falar com Laurie — afirmou Amy.

— Sobre o quê? — perguntou Brian.

— Bem, sobre fazer companhia para ela enquanto vocês dois falam sobre essa chatice de futebol.

— Parem — pediu Laurie. — Tem espaço para os dois.

— Mas, com eles, a gente precisa de espaço para três — disse Amy, apontando com a cabeça para Brian e David.

— Nossa, que engraçado — resmungou Brian.

David e Laurie deslizaram para o lado, e Amy e Brian se espremeram à mesa. Amy estava certa sobre precisar de espaço para três; Brian carregava duas bandejas cheias.

— Ei, o que você está fazendo com toda essa comida? — perguntou David, dando tapinhas nas costas do amigo. Por mais que fosse capitão do time, Brian não era muito grande. David era uma cabeça mais alto.

— Preciso ganhar um pouco de peso — respondeu Brian ao começar a devorar a comida. — Vou precisar de todos os meus quilos contra aqueles caras do Clarkstown no sábado. Eles são grandes. Tipo, enormes. Ouvi dizer que têm um cara de 1,90m de altura e cem quilos na defesa.

— Não sei por que você está preocupado — disse Amy. — Ninguém consegue correr muito rápido sendo tão pesado.

Brian revirou os olhos.

— Ele não *precisa* correr, Amy. Só precisa esmagar os jogadores adversários.

— Vocês têm alguma chance no sábado? — perguntou Laurie. Estava pensando na matéria que escreveriam para o *Videira*.

David deu de ombros.

— Não sei. O time está bem desorganizado. Estamos muito atrasados nas jogadas e tal. Metade dos caras nem aparece no treino.

— É — concordou Brian. — O técnico Schiller disse que vai expulsar todo mundo que faltar aos treinos. Mas se ele fizesse isso, nós nem teríamos gente o suficiente para jogar.

Ninguém parecia ter mais nada para falar sobre futebol, então Brian mordeu seu segundo hambúrguer.

Os pensamentos de David se dispersaram para outros assuntos importantes.

— Ei, alguém aqui é bom em cálculo?

— Por que você vai pegar cálculo? — perguntou Amy.

— É requisito para engenharia — respondeu David.

— Então, por que não espera até a faculdade? — indagou Brian.

— Ouvi dizer que é tão difícil que é preciso fazer a matéria duas vezes pra entender — explicou David. — Então, decidi fazer uma vez agora e outra mais tarde.

Amy deu uma cotovelada em Laurie.

— Seu namorado é meio estranho.

— Falando em gente estranha — sussurrou Brian, assentindo na direção de Robert Billings.

Todos olharam. Robert estava sentado sozinho à mesa, absorto num quadrinho do Homem-Aranha. Ele mexia a boca enquanto lia, com uma mancha de ketchup no queixo.

— Vocês viram que ele dormiu durante o filme todo? — perguntou Brian.

— Não faça Laurie se lembrar — pediu David. — Ela está chateada.

— Com o quê? O filme? — questionou Brian.

Laurie lançou um olhar feio para David.

— Você *tem* que contar pra todo mundo?

— Ué, é verdade, não é? — perguntou David.

— Ah, me deixe em paz — retrucou Laurie.

— Eu entendo como você se sente — falou Amy. — Achei muito horrível.

Laurie se virou para David.

— Pronto, viu só? Eu não sou a única incomodada.

— Ei — retrucou David na defensiva. — Eu não disse que não me incomodei. Só disse que aquilo já passou. Esquece. Aconteceu uma vez, o mundo já aprendeu a lição. Nunca mais vai se repetir.

— Tomara que não. — Laurie recolheu a bandeja.

— Aonde você vai? — perguntou David.

— Preciso trabalhar no *Videira* — respondeu Laurie.

— Espera — pediu Amy. — Eu vou com você.

Os jogadores observaram as garotas que se afastavam.

— Caramba, ela ficou abalada mesmo com esse filme, né? — comentou Brian.

— É. — David assentiu. — Você sabe, ela sempre leva essas coisas muito a sério.

Amy Smith e Laurie Saunders conversavam no escritório do *Videira*. Amy não fazia parte da equipe do jornal, mas passava bastante tempo com Laurie na redação. A porta da sala estava trancada, e Amy se sentava ao lado de uma janela aberta, segurando um cigarro e soltando a fumaça para fora. Se um professor entrasse, ela poderia largar o cigarro e mal sentiria qualquer cheiro de fumaça na sala.

— Aquele filme foi horrível — comentou Amy.

Laurie assentiu de leve.

— Você e David estão brigados? — perguntou a amiga.

— Ah, não exatamente. — Laurie não pôde evitar um ligeiro sorriso. — Eu só queria que ele levasse alguma coisa, além de futebol, a sério. Ele... Não sei... Ele age igual a um atleta babaca às vezes.

— Mas as notas dele são boas — argumentou Amy. — Pelo menos ele não é um atleta babaca e burro, tipo o Brian.

As duas deram risadinhas por um momento, então Amy perguntou:

— Por que ele quer ser engenheiro? Parece tão entediante.

— Ele quer ser engenheiro da computação — explicou Laurie. — Você já viu o computador que David tem em casa? Ele que montou.

— Não sei como não reparei — respondeu Amy, irônica. — Aliás, você já decidiu o que vai fazer no ano que vem?

Laurie balançou a cabeça.

— Talvez a gente vá para a mesma faculdade. Depende de onde formos aceitos.

— Seus pais vão amar — comentou Amy.

— Não acho que eles ligariam tanto assim.

— Por que vocês não se casam logo?

Laurie fez uma careta.

— Ah, Amy. Tipo, acho que amo David, mas quem quer casar com a nossa idade?

Amy sorriu.

— Ah, não sei, se David *me* pedisse em casamento, eu talvez pensasse no assunto — implicou ela.

Laurie deu uma risada.

— Quer que eu jogue um verde?

— Nem vem, Laurie — retrucou Amy. — Você sabe o quanto ele gosta de você. Ele nem olha para outras garotas.

— É melhor mesmo.

Ela notou que havia um tom melancólico na voz de Amy. Desde que Laurie e David começaram a namorar, Amy também passara a querer namorar um jogador de futebol. Às vezes incomodava Laurie o fato de que, permeando discretamente a amizade das duas, havia uma constante competição por garotos, notas, popularidade e praticamente tudo pelo que era possível competir. Mesmo que fossem melhores amigas, essa competição constante de alguma maneira as impedia de serem próximas de verdade.

De repente alguém bateu com força na porta e tentou girar a maçaneta. As duas pularam de susto.

— Quem é? — perguntou Laurie.

— Diretor Owens — respondeu uma voz grave. — Por que a porta está trancada?

Os olhos de Amy se arregalaram de medo. Ela largou o cigarro com pressa e começou a revirar a bolsa em busca de um chiclete ou uma bala.

— Hum, deve ter sido por acidente — respondeu Laurie com nervosismo, se aproximando da porta.

— Bem, abram isso imediatamente!

Amy parecia apavorada.

Laurie lhe lançou um olhar desamparado e abriu a porta.

Do lado de fora estavam Carl Block, repórter investigativo do *Videira*, e Alex Cooper, crítico musical. Ambos com grandes sorrisos.

— Ah, vocês dois! — exclamou Laurie com raiva.

Atrás dela, Amy parecia prestes a desmaiar enquanto os dois maiores arruaceiros da escola entravam na sala.

Carl era alto, magro e loiro. Alex, atarracado e de pele escura, usava fones de ouvidos conectados a um pequeno toca-fitas.

— Alguma coisa ilegal rolando aqui dentro? — perguntou Carl com malícia, erguendo e baixando as sobrancelhas.

— Você me fez desperdiçar um cigarro em perfeitas condições — reclamou Amy.

— Tsc, tsc — disse Alex com tom de desaprovação.

— Então, como vai o jornal? — perguntou Carl.

— Como assim? — rebateu Laurie, exasperada. — Nenhum de vocês entregou as matérias que pedi que fizessem para essa edição.

— Oh-oh. — Alex de repente olhou para o relógio e começou a recuar para a porta. — Acabei de lembrar que tenho um voo para a Argentina.

— Eu te levo ao aeroporto! — exclamou Carl, seguindo o amigo para o corredor.

Laurie olhou para Amy e balançou a cabeça com cansaço.

— Esses dois — murmurou, fechando as mãos em punhos.

CAPÍTULO 4

Algo incomodava Ben Ross. Ele não sabia dizer exatamente o que, mas estava intrigado pelas perguntas feitas por seus alunos depois do filme. Elas o fizeram pensar. Por que não tinha sido capaz de dar respostas adequadas às suas dúvidas? O comportamento da maioria dos alemães durante o regime nazista era realmente tão inexplicável assim?

Naquela tarde, depois de deixar a escola, Ross havia parado na biblioteca e saído com os braços cheios de livros. Sua esposa, Christy, passaria a tarde jogando tênis com alguns amigos, então ele sabia que teria um longo período sem interrupções para se entregar aos pensamentos. No entanto, várias horas mais tarde, após ler trechos de diversos livros, Ben suspeitou de que não encontraria a resposta escrita em lugar nenhum. Isso o fez refletir. Teria sido um fenômeno que os historiadores sabiam não poder ser explicado por palavras? Seria algo que só podia ser compreendido por alguém que estivesse lá? Ou, se possível, recriando uma situação similar?

A ideia intrigou Ross. Talvez, pensou, se ele separasse um tempo de aula, talvez dois, para tentar um experimento... Só para dar uma amostra aos seus alunos, um gostinho de como teria sido a vida na Alemanha nazista. Se ele conseguisse imaginar como fazer isso, uma forma de realizar o experimento, tinha certeza de que causaria um impacto bem maior do que qualquer explicação de livro jamais seria capaz de dar. Com certeza valia uma tentativa.

Christy Ross só chegou depois das 23 horas. Tinha jogado tênis e depois jantado com uma amiga. Quando entrou em casa, encontrou o marido sentado à mesa da cozinha rodeado por livros.

— Fazendo seu dever de casa?

— De certo modo, sim — respondeu Ben Ross, sem erguer o olhar.

Em cima de um dos livros, Christy notou um copo vazio e um prato com algumas migalhas do que devia ter sido um sanduíche.

— Bem, pelo menos você lembrou de se alimentar — disse, pegando a louça e colocando dentro da pia.

O marido não respondeu. Seu nariz continuava enfiado no livro.

— Aposto que você está louco pra saber de quanto foi a lavada que eu ganhei de Betty Lewis hoje — disse ela, brincando.

Ben ergueu o olhar.

— O quê?

— Eu disse que ganhei da Betty Lewis hoje — repetiu Christy.

Seu marido fez uma expressão vazia. Christy riu.

— Betty Lewis. Sabe, a Betty Lewis de quem eu nunca ganhei mais de dois jogos num set. Eu a derrotei hoje. Em dois sets. Seis a quatro; sete a cinco.

— Ah, hum, muito bom — respondeu Ben, distraído. E voltou a baixar os olhos para o livro.

Outra pessoa poderia ter ficado ofendida com essa aparente grosseria, mas não foi o caso de Christy. Ela sabia que Ben era do tipo que se envolvia nas coisas. Não apenas se envolvia, mas se deixava absorver totalmente a ponto de tender a esquecer que o resto do mundo existia. Ela nunca se esqueceria da vez, na faculdade, em que ele se interessou pelos índios americanos. Ele passou meses tão focado nos índios que esqueceu o resto da própria vida. Nos fins de semana, ele visitava reservas indígenas ou passava horas procurando livros antigos em bibliotecas empoeiradas. Até começou a levar índios para jantar em casa! E a calçar mocassins de pele de veado! Nessa época, Christy acordava toda manhã se perguntando se ele faria pinturas de guerra em si mesmo.

Mas Ben era assim. Certo verão ela o ensinou a jogar bridge, e em um mês ele não só havia ficado melhor do que ela como começado a enlouquecê-la, insistindo que jogassem o tempo todo. Ben só se acalmou quando venceu um campeonato local e acabou ficando sem competidores à altura. Era quase assustadora a maneira como ele se perdia em novas aventuras.

Christy olhou os livros espalhados pela mesa da cozinha e suspirou.

— O que é dessa vez? — perguntou. — Índios de novo? Astronomia? As características comportamentais das baleias assassinas?

Como o marido não respondeu, ela pegou um dos livros.

— *A ascensão e queda do Terceiro Reich*? *A juventude de Hitler*? — Ela franziu a testa. — O que você está fazendo, almejando uma graduação em ditadura?

— Não tem graça nenhuma — murmurou Ben sem erguer o olhar.

— Tem razão — admitiu Christy.

Ben Ross se recostou na cadeira e olhou para a esposa.

— Um dos meus alunos me fez uma pergunta hoje que eu não soube responder.

— E qual é a novidade?

— Mas eu não sei se já li a resposta em algum lugar — explicou Ben. — Talvez seja uma resposta que eles precisem aprender por conta própria.

Christy Ross assentiu.

— Bem, já sei que tipo de noite essa vai ser — disse ela. — Lembre-se: amanhã você precisa estar acordado o suficiente para dar aula o dia inteiro.

O marido assentiu.

— Eu sei, eu sei.

Christy Ross se abaixou e o beijou na testa.

— Tente não me acordar. *Se* você for para a cama hoje.

CAPÍTULO 5

No dia seguinte, os alunos entraram na sala devagar, como sempre. Alguns ocuparam seus assentos; outros ficaram em pé, conversando. Robert Billings estava ao lado das janelas, dando nós nas cordas da persiana. Enquanto fazia isso, Brad, seu tormento incessante, passou e deu um tapinha nas costas dele, colando um pequeno papel em sua camisa que dizia "me chute".

Parecia mais uma típica aula de história, até que os alunos notaram que o professor havia escrito FORÇA POR MEIO DA DISCIPLINA em letras garrafais no quadro-negro.

— O que isso deveria significar? — alguém perguntou.

— Vou dizer assim que todo mundo estiver sentado — respondeu o professor. Quando todos estavam no lugar, ele começou a aula. — Hoje eu vou falar com vocês sobre disciplina.

Um gemido coletivo se elevou dos alunos sentados. Todo mundo sabia que as aulas de alguns professores costumavam ser um saco, mas a maioria esperava que as aulas de história de Ross fossem boas, o que significava nada de sermões idiotas sobre disciplina.

— Calma — disse Ben. — Antes de julgar, deem uma chance. Pode ser empolgante.

— Ah, com certeza — alguém comentou.

— Ah, com certeza, sim — retrucou Ben. — Agora, quando eu falo sobre disciplina, estou falando de poder. — Ele fechou a mão em punho para reforçar a frase. — E estou falando de sucesso. Sucesso através da disciplina. Alguém aqui não tem interesse em poder e sucesso?

— Provavelmente Robert — disse Brad.

Um bando de garotos deu risadinhas.

— Pois bem — continuou Ben. — David, Brian, Eric, vocês jogam futebol. Vocês já sabem que é preciso disciplina para vencer.

— Deve ser por isso que não vencemos um jogo há dois anos — argumentou Eric, fazendo a turma rir.

O professor precisou de alguns momentos para acalmá-los novamente.

— Escutem — falou, gesticulando para uma aluna ruiva bonita que parecia ter uma postura melhor do que todos à volta. — Andrea, você é bailarina. Os bailarinos não precisam de longas e esforçadas horas de treino para desenvolver suas habilidades?

Ela assentiu, e Ross se voltou ao resto da turma.

— É o mesmo com todas as artes. Pintura, escrita, música... Todas elas exigem anos de esforço e disciplina para serem dominadas. Esforço, disciplina e controle.

— E daí? — perguntou um aluno afundado na cadeira.

— E daí? — repetiu Ben. — Eu vou mostrar a vocês. Vamos supor que eu consiga provar que é possível estabelecer poder através da disciplina. Vamos supor que possamos fazer isso bem aqui, nessa sala de aula. O que vocês achariam?

Ross esperava outra piadinha, e ficou surpreso quando ela não veio. Em vez disso, os alunos estavam ficando interessados e curiosos. Ben andou até sua mesa e puxou a cadeira de madeira para a frente da sala, de modo que todos pudessem vê-la.

— Muito bem — prosseguiu. — Disciplina começa com postura. Amy, venha aqui um minuto.

Quando Amy se levantou, Brian murmurou:

— Puxa-saco.

Normalmente isso teria bastado para fazer a turma inteira começar a gargalhar, mas apenas alguns deram risadinhas. O restante o ignorou. Todo mundo se perguntava o que o professor estava aprontando.

Quando Amy se sentou na cadeira na frente da sala, Ben a instruiu sobre como sentar.

— Coloque as mãos abertas na lombar e force sua coluna a ficar reta. Pronto, você não está respirando melhor?

Pela sala, muitos alunos imitavam a nova postura de Amy. Mas mesmo que estivessem sentados com as costas mais eretas, alguns não conseguiam evitar achar graça. David foi o próximo a tentar uma piadinha:

— Isso é história, ou eu vim para a aula de educação física por engano?

Alguns riram, mas tentaram ajeitar a postura mesmo assim.

— Vamos lá, David — incentivou Ben. — Tente. Já ouvimos comentários engraçadinhos o suficiente.

Com relutância, David se ajeitou na cadeira. Enquanto isso, o professor caminhava entre as fileiras, checando todas as posturas. Era incrível, pensou Ross. De alguma maneira, ele tinha prendido a atenção da turma. Caramba, até Robert...

— Turma — anunciou Ben —, quero que todos vejam como as pernas de Robert estão paralelas. Seus tornozelos estão firmes; seus joelhos, dobrados a um ângulo de noventa graus. Vejam só como sua coluna está reta. Queixo para dentro, cabeça erguida. Muito bom, Robert.

Robert, o pária da sala, ergueu o olhar para o professor e abriu um ligeiro sorriso, então voltou à posição alerta. Pela sala, outros alunos tentavam copiá-lo.

Ben voltou à frente da sala.

— Muito bem. Agora quero que todos vocês se levantem e caminhem ao redor da sala. Quando eu der o comando, quero que retornem aos seus lugares o mais rápido possível e assumam as posturas apropriadas. Vamos lá, levantem, levantem, levantem.

Os alunos se levantaram e começaram a passear pela sala. Ben sabia que não podia deixar que andassem por muito tempo ou perderiam a concentração no exercício, então logo ordenou:

— De volta aos lugares!

Os alunos correram de volta às cadeiras. Houve esbarrões e resmungos quando uns se chocaram contra os outros, e algumas risadas soaram pela sala, mas o som dominante foi o alto ruído das pernas das cadeiras se arrastando no chão conforme os alunos se sentavam.

Na frente da sala, Ben balançou a cabeça.

— Essa foi a bagunça mais desorganizada que eu já vi. Isso não é uma brincadeira tipo "galinha choca", é um experimento sobre movimento e postura. Muito bem, vamos tentar de novo. Dessa vez sem o bate-papo. Quanto mais velozes e controlados forem, mais rápido chegarão aos seus lugares. Ok? Agora, todos de pé!

Pelos vinte minutos seguintes, a turma praticou levantar das cadeiras, passear pela sala de maneira aparentemente desorganizada, então, ao comando do professor, voltar depressa para os lugares e para a postura sentada correta. Ben gritava ordens mais como um sargento do que como um professor. Quando todos pareciam ter dominado o exercício, ele tentou outra tática. Os alunos ainda sairiam das cadeiras e retornariam. Mas agora eles voltariam do corredor, e Ross os cronometraria.

Na primeira tentativa, eles levaram 48 segundos. O tempo foi reduzido pela metade na segunda vez. Antes do último teste, David teve uma ideia.

— Escutem — disse aos colegas enquanto esperavam no corredor pelo sinal do sr. Ross. — Vamos nos enfileirar na ordem de quem está sentado mais ao fundo. Assim não esbarramos uns nos outros.

O restante concordou. Ao se organizarem na ordem correta, ninguém deixou de notar que Robert era o primeiro da fila.

— O novo líder da sala — sussurrou alguém enquanto esperavam com nervosismo pelo sinal do professor.

Ben estalou os dedos, e a massa de alunos avançou rápida e silenciosamente para dentro da sala. Quando o último aluno sentou, o professor parou o cronômetro. Estava sorrindo.

— Dezesseis segundos.

A turma comemorou.

— Muito bem, muito bem, quietos — disse Ben, voltando à frente da sala.

Para sua surpresa, os alunos ficaram quietos imediatamente. O silêncio que encheu o cômodo de repente era quase sinistro. Em geral, pensou Ross, o único momento em que a sala ficava tão tranquila era quando estava vazia.

— Muito bem, há três outras regras que vocês precisam obedecer — falou ele. — Um: todos precisam ter lápis e papel para tomar nota. Dois: para perguntar ou responder alguma coisa, vocês precisam estar de pé ao lado da carteira. E três: as primeiras palavras que vocês dirão ao responder ou fazer uma pergunta são "sr. Ross". Certo?

Cabeças assentiram pela sala.

— Muito bem — continuou o professor. — Brad, quem foi o primeiro-ministro da Inglaterra antes de Churchill?

Ainda em sua cadeira, Brad roeu uma unha, nervoso.

— Hum, não foi...

Mas antes que ele pudesse continuar, o sr. Ross o cortou.

— Errado, Brad, você já se esqueceu das regras que acabei de passar. — Ele olhou para Robert, do outro lado da sala. — Robert, mostre ao Brad o procedimento apropriado para responder a uma pergunta.

Na mesma hora, Robert se levantou ao lado da carteira em posição de alerta.

— Sr. Ross.

— Correto — disse o sr. Ross. — Obrigado, Robert.

— Ah, que idiotice — murmurou Brad.

— Só porque você não conseguiu fazer direito — retrucou alguém.

— Brad — chamou o sr. Ross —, quem foi o primeiro-ministro antes de Churchill?

Dessa vez, Brad se levantou ao lado da carteira.

— Sr. Ross, foi, hum, o primeiro-ministro, hum.

— Continua muito lento, Brad — repreendeu o sr. Ross. — De agora em diante, todo mundo deve tornar a resposta o mais curta possível e falar assim que chamado. Muito bem, Brad, tente de novo.

Dessa vez, Brad se levantou num salto ao lado da cadeira.

— Sr. Ross, Chamberlain.

Ben assentiu com aprovação.

— É assim que se responde a uma pergunta. Com pontualidade, precisão, firmeza. Andrea, que país Hitler invadiu em setembro de 1939?

Andrea, a bailarina, se levantou com rigidez ao lado da carteira.

— Sr. Ross, eu não sei.

O professor sorriu.

— Uma boa resposta mesmo assim, porque você usou a forma apropriada. Amy, você sabe a resposta?

Amy saltou ao lado da mesa.

— Sr. Ross, Polônia.

— Excelente — elogiou o sr. Ross. — Brian, qual era o nome do partido político de Hitler?

Brian saiu depressa da cadeira.

— Sr. Ross, os nazistas.

O sr. Ross assentiu.

— Ótimo, Brian. Muito rápido. Agora, alguém sabe o nome oficial do partido? Laurie?

Laurie Saunders se levantou ao lado da mesa.

— Partido Nacional-Socialista...

— Não! — Houve um barulho alto quando o sr. Ross bateu com uma régua na mesa. — Agora, faça de novo da maneira correta.

Laurie se sentou com uma expressão confusa. O que tinha feito de errado? David se inclinou para a frente e sussurrou no ouvido dela. Ah, sim. Ela voltou a se levantar.

— Sr. Ross, Partido Nacional-Socialista dos Trabalhadores Alemães.

— Correto — respondeu o sr. Ross.

O professor continuou a fazer perguntas, e por toda a sala, os alunos pulavam em posição atenta, ansiosos para mostrar que sabiam tanto a resposta quanto a forma correta de apresentá-la. Era muito diferente da atmosfera normalmente informal da sala de aula, mas nem Ben nem seus alunos pensaram sobre isso. Estavam muito envolvidos no novo jogo. A velocidade e a precisão de cada pergunta e resposta eram empolgantes. Logo, Ben estava suando enquanto gritava cada pergunta e algum aluno ou aluna se levantava com rigidez ao lado da mesa e gritava de volta uma resposta tensa.

— Peter, quem propôs a Lei do Empréstimo e Arrendamento?

— Sr. Ross, Roosevelt.

— Certo. Eric, quem morreu nos campos de extermínio?

— Sr. Ross, os judeus.

— Mais alguém, Brad?

— Sr. Ross, ciganos, homossexuais e deficientes mentais.

— Bom. Amy, por que eles foram assassinados?

— Sr. Ross, porque não faziam parte da raça superior.

— Correto. David, quem comandou os campos de extermínio?

— Sr. Ross, a S.S.

— Excelente!

O sinal tocou no corredor, mas ninguém se mexeu. Ainda movido pelo ímpeto do progresso da turma naquele tempo de aula, Ben parou na frente da sala e deu a última ordem do dia.

— Terminem de ler o capítulo sete e a primeira metade do capítulo oito essa noite. É isso, turma dispensada.

Diante dele, a turma se levantou ao mesmo tempo e avançou para o corredor.

— Caramba, aquilo foi estranho, cara, pareceu uma onda.

Brian arquejou com um entusiasmo pouco característico. Ele e mais alguns alunos da turma do sr. Ross estavam reunidos num grupo próximo, ainda curtindo a energia emanada na sala de aula.

— Eu nunca senti nada assim antes — disse Eric ao lado dele.

— Bem, com certeza é melhor do que fazer anotações — brincou Amy.

— É — respondeu Brian. Ele e outros dois riram.

— Ei, mas falando sério — disse David. — Foi muito diferente. Tipo, todos nós agimos juntos, viramos mais do que uma turma. Viramos uma unidade. Lembram do que o sr. Ross disse sobre poder? Acho que ele estava certo. Vocês não sentiram?

— Awn, você está levando a sério demais — comentou Brad atrás dele.

— Estou? — retrucou David. — Bem, então como você explica aquilo?

Brad deu de ombros.

— O que há para explicar? Ross fez perguntas, nós respondemos. Foi como qualquer outra aula, só que precisamos sentar com as costas retas e ficar de pé ao lado da carteira. Acho que você está exagerando.

— Não sei, Brad — disse David ao virar e se afastar.

— Aonde você vai? — perguntou Brian.

— Banheiro — respondeu David. — Te encontro no refeitório.

— Beleza — confirmou Brian.

— Ei, não esquece de ajeitar a coluna — falou Brad, e os outros riram.

David empurrou a porta do banheiro. Ele realmente não tinha certeza se Brad estava certo ou não. Talvez ele estivesse exagerando, mas, por outro lado, sentira aquela energia, a unidade do grupo. Talvez não fizesse tanta diferença na sala de aula. Afinal, eles só estavam respondendo às perguntas. Mas imagine pegar esse sentimento de grupo, esse sentimento de alta energia, e colocar no time de futebol. Havia bons atletas na equipe, e David ficava com raiva do histórico tão fraco deles. Eles realmente não eram tão ruins, apenas desmotivados e desorganizados. David sabia que, se conseguisse injetar no time metade da energia presente naquela aula de história do sr. Ross, eles seriam capazes de acabar com a maioria dos times da liga deles.

Dentro do banheiro, David ouviu o segundo sinal, avisando aos alunos que o próximo tempo estava prestes a começar. Ele saiu da cabine e começava a se aproximar das pias quando viu alguém e parou de repente. O banheiro se esvaziara e só restara uma pessoa: Robert. Ele estava de frente para o espelho, colocando a camisa para dentro da calça, alheio ao fato de que não estava sozinho. David observou enquanto o pária da turma ajeitava um pouco o cabelo e encarava seu reflexo. Então ele ajeitou a postura e moveu os lábios silenciosamente, como se ainda estivesse respondendo às perguntas na sala do sr. Ross.

David ficou imóvel enquanto Robert praticava o movimento de novo. E de novo.

Mais tarde, no quarto, Christy Ross se sentou na beira da cama em sua camisola vermelha e penteou o longo cabelo castanho-avermelhado. Perto dela, Ben tirava o pijama de uma gaveta.

— Sabe — disse ele —, eu pensei que eles odiariam aquilo, receber ordens e serem forçados a sentar direito e recitar respostas. Em vez disso, eles aceitaram o exercício como se tivessem passado a vida toda esperando por algo do tipo. Foi estranho.

— Você não acha que eles estavam encarando como um jogo? — perguntou Christy. — Simplesmente competindo entre si para ver quem seria mais rápido e teria a melhor postura?

— Com certeza isso foi parte do motivo — respondeu Ben. — Mas até um jogo é algo de que você escolhe participar ou não. Eles não precisavam participar daquele jogo, mas queriam. O mais estranho foi: depois que começamos, eu pude sentir que eles queriam mais. Queriam ser disciplinados. E a cada vez que dominavam um comando, queriam outro. Quando o sinal tocou ao fim do tempo e eles continuaram nos seus lugares, eu vi que aquilo era mais do que um jogo para eles.

Christy parou de escovar os cabelos.

— Você disse que eles ficaram *depois* do sinal? — perguntou ela.

Ben assentiu.

— Isso mesmo.

Sua esposa olhou para ele com ceticismo, mas então sorriu.

— Ben, acho que você criou um monstro.

— Difícil — respondeu ele com uma risadinha.

Christy baixou a escova e passou creme no rosto. Do outro lado da cama, Ben vestia a camisa do pijama. Christy esperou que o marido se inclinasse para perto e desse o costumeiro beijo de boa-noite. Mas isso não aconteceria tão cedo. Ele continuava perdido em pensamentos.

— Ben?

— Sim?

— Você acha que vai continuar com isso amanhã?

— Acho que não — respondeu o marido. — Precisamos estudar os ataques japoneses durante a Segunda Guerra.

Christy fechou o pote de creme e se ajeitou com conforto na cama. Mas, do outro lado, Ben continuava imóvel. Ele contara à esposa como seus alunos haviam ficado surpreendentemente entusiasmados naquela tarde, mas não dissera que também fora arrebatado. Seria quase constrangedor admitir que ele podia se deixar levar por um jogo tão simples. No entanto, pensando melhor, ele sabia que isso tinha acontecido. A poderosa troca de perguntas e respostas, a busca pela disciplina perfeita... Tudo fora contagiante e, de certa forma, hipnotizante. Ele apreciara o sucesso dos seus alunos. Interessante, pensou ao deitar na cama.

CAPÍTULO 6

Para Ben, o que aconteceu no dia seguinte foi extremamente incomum. Em vez de assistir aos seus alunos se arrastarem para dentro da sala depois do sinal, foi ele quem se atrasou. Tinha esquecido suas anotações e seu livro sobre o Japão no carro de manhã e precisou correr até o estacionamento para buscá-los antes da aula. Quando entrou apressado na sala, esperava encontrar uma baderna, mas foi surpreendido.

Encontrou cinco fileiras de carteiras organizadas, sete por fileira. Em cada cadeira havia um aluno sentado rigidamente na postura ensinada no dia anterior. A sala estava silenciosa, e Ross observou a turma com apreensão. Seria uma piada? Aqui e ali ele avistou rostos prestes a sorrir, mas eles estavam claramente em minoria se comparados aos rostos atentos, olhando bem à frente, concentrados. Alguns alunos lhe lançavam olhares incertos, esperando para ver se ele levaria o exercício adiante. Deveria? Fora uma bela experiência, tão diferente do normal que o intrigava. Que lição eles poderiam tirar daquilo? O que ele poderia aprender? Tentado pelo desconhecido, Ben decidiu que valia a pena descobrir.

— Bem, ok — disse ele, guardando as anotações. — O que está acontecendo aqui?

Os alunos o olharam, incertos.

Ben observou o lado mais distante da sala.

— Robert?

Robert Billings rapidamente se levantou ao lado da mesa. Sua camisa estava para dentro da calça e seu cabelo, penteado.

— Sr. Ross, disciplina.

— Sim, disciplina — concordou o sr. Ross. — Mas isso é apenas uma parte. Há algo mais.

Ele se virou para o quadro-negro e, abaixo do grande "FORÇA POR MEIO DA DISCIPLINA" do dia anterior, ele adicionou "COMUNIDADE". Então se voltou para a turma.

— Comunidade é o laço entre pessoas que trabalham e lutam juntas por um objetivo em comum. É como construir um celeiro com seus vizinhos.

Alguns deram risadinhas. Mas David sabia o que o sr. Ross queria dizer. Pensara sobre isso no dia anterior, depois da aula. Era o tipo de espírito de equipe que o time de futebol precisava.

— É o sentimento de fazer parte de algo mais importante do que você mesmo — dizia o professor. — Você é um movimento, um time, uma causa. Está comprometido com algo...

— Acho que nós já estamos comprometidos o suficiente — murmurou alguém, mas os alunos por perto fizeram "shh".

— Como na disciplina — continuou o sr. Ross —, para entender o real conceito de comunidade, é preciso vivenciá-la e participar dela. De agora em diante, nossos dois lemas serão "Força Por Meio da Disciplina" e "Força Por Meio da Comunidade". Repitam comigo, todo mundo.

Pela sala, os alunos se levantaram ao lado da carteira e recitaram os slogans:

— Força Por Meio da Disciplina, Força Por Meio da Comunidade.

Alguns, inclusive Laurie e Brad, não se juntaram ao coro, mas ficaram sentados com desconforto na cadeira enquanto o sr. Ross fazia a turma repetir os lemas de novo. Finalmente, Laurie se levantou, então Brad. A sala inteira estava de pé ao lado das mesas.

— O que precisamos agora é de um símbolo para nossa nova comunidade — disse o sr. Ross. Ele se virou para o quadro e, depois de um momento de reflexão, desenhou um círculo com a silhueta de uma onda dentro. — Esse será nosso símbolo. Uma onda é um padrão de mudança. Tem movimento, direção e impacto. A partir de agora, nossa comunidade, nosso movimento, será conhecido como a Onda.

Ele fez uma pausa e olhou para a turma, de pé em posição alerta, aceitando tudo o que o professor lhes dizia.

— E essa será nossa saudação — continuou, curvando a mão no formato de uma onda, então a batendo no ombro esquerdo e a erguendo. — Turma, faça a saudação.

A turma obedeceu. Alguns bateram no ombro direito em vez do esquerdo. Outros se esqueceram de bater no ombro, não importa qual fosse.

— De novo — ordenou Ross, fazendo a saudação.

Ele repetiu o exercício até que todos acertassem.

— Muito bem — disse o professor quando a turma assimilou.

Mais uma vez, a turma sentia o ressurgimento do poder e da união que os havia impressionado no dia anterior.

— Essa é a nossa saudação, e nossa única saudação — declarou ele. — Sempre que virem outro integrante da Onda, vocês farão a saudação. Robert, faça a saudação e recite os lemas.

Parado tensamente ao lado da cadeira, Robert realizou a saudação e respondeu:

— Sr. Ross, Força Por Meio da Disciplina, Força Por Meio da Comunidade.

— Muito bem — disse Ben. — Peter, Amy e Eric, façam a saudação e recitem nosso lema com Robert.

Os quatro alunos obedientemente fizeram a saudação e entoaram:

— Força Por Meio da Disciplina, Força Por Meio da Comunidade.

— Brian, Andrea e Laurie — comandou o sr. Ross. — Juntem-se a eles e repitam.

Sete alunos participavam do coro nesse momento, então quatorze, então vinte, até que toda a sala estivesse fazendo a saudação e entoando de maneira alta e unissonante:

— Força Por Meio da Disciplina, Força Por Meio da Comunidade.

Como um regimento, pensou Ben, exatamente como um regimento.

* * *

No ginásio, depois das aulas, David e Eric se sentaram no chão em seus uniformes de treino de futebol. Estavam um pouco adiantados e envolvidos num debate acalorado.

— Acho que é idiota — disse Eric ao amarrar os cadarços da chuteira. — É só um jogo da aula de história, só isso.

— Mas isso não quer dizer que não pode funcionar — insistiu David. — Para que você acha que aprendemos isso, de qualquer maneira? Para manter em segredo? Estou te dizendo, Eric, é exatamente disso que o time precisa.

— Bem, você vai precisar convencer o treinador Schiller — disse Eric. — Eu não vou contar para ele.

— Do que você está com medo? — perguntou David. — Você acha que o sr. Ross vai me punir porque eu contei pra meia dúzia de pessoas sobre a Onda?

Eric deu de ombros.

— Não, cara. Acho que eles vão rir da nossa cara.

Brian saiu do vestiário e juntou-se aos dois no chão.

— Ei — disse David —, o que você acha de tentarmos iniciar o resto do time na Onda?

Brian repuxou os protetores de ombro e pensou um pouco.

— Você acha que a Onda pode segurar aquele zagueiro de cem quilos do Clarkstown? — perguntou. — Juro, eu só penso nisso. Fico imaginando eu me preparando para lançar a bola e então essa coisa aparecendo na minha frente, essa coisa gigante com o uniforme do Clarkstown. Ele pisa em qualquer que seja o jogador preparado para me jogar a bola, esmaga a minha defesa. É tão grande que eu não consigo ir para a esquerda, não consigo ir para a direita, não consigo lançar por cima dele...

Brian rolou de costas no chão, fingindo que alguém o estava esmagando.

— Ele só continua vindo e vindo. Ahhhhhhhhhh!

Eric e David riram, e Brian se sentou.

— Eu faço qualquer coisa — disse ele. — Comer meu cereal, entrar pra Onda, fazer meu dever de casa. Qualquer coisa para segurar aquele cara.

Mais jogadores haviam se juntado ao redor deles, inclusive um do segundo ano chamado Deutsch, que era o capitão depois de Brian. Todo mundo no time sabia que não havia nada no mundo que Deutsch quisesse mais do que tomar o lugar de Brian. Consequentemente, eles não se davam bem.

— Quer dizer que você está com medo do time de Clarkstown? — perguntou ele para Brian. — Eu fico no seu lugar, cara, é só pedir.

— Se deixarem você jogar, aí, sim, não teremos nenhuma chance — retrucou Brian.

Deutsch fez uma careta de escárnio e rebateu:

— Você só é o capitão porque é do último ano.

Ainda sentado no chão do ginásio, Brian ergueu o olhar para o garoto mais novo.

— Cara, você é o saco sem talentos mais metido que eu já conheci.

— Ah, é, olha quem está falando — rosnou Deutsch de volta.

Quando David viu, Brian tinha pulado de pé e erguido os punhos. David se jogou no meio dos dois jogadores.

— Era disso que eu estava falando! — gritou ele ao separá-los. — Nós deveríamos ser um time. Deveríamos apoiar um ao outro. Estamos nos saindo tão mal porque só sabemos brigar.

Mais jogadores haviam chegado ao ginásio.

— Do que ele está falando? — perguntou um deles.

David se virou.

— Estou falando sobre unidade. Estou falando sobre disciplina. Precisamos começar a agir como um time. Como se tivéssemos um objetivo em comum. Seu trabalho nesse time não é roubar o lugar de outro cara. Seu trabalho é ajudar o time a vencer.

— Eu poderia ajudar esse time a vencer — respondeu Deutsch. — Só o que o treinador Schiller precisa fazer é me tirar do banco de reservas.

— Não, cara! — gritou David. — Um grupo de pessoas egoístas não faz um time. Você sabe por que nos saímos tão mal esse ano? Porque somos 25 times de um homem só, todos vestindo o mesmo uniforme do Colégio Gordon. Você quer ser titular num time que não vence? Ou quer ser reserva num time vencedor?

Deutsch deu de ombros.

— Estou cansado de perder — comentou outro jogador.

— É — concordou outro. — É um saco. A escola nem nos leva mais a sério.

— Eu abriria mão da minha posição para distribuir água para os jogadores, se isso significasse vencer um jogo — disse um terceiro.

— Bem, nós podemos vencer — declarou David. — Não estou dizendo que vamos conseguir chegar lá no sábado e destruir o time de Clarkstown, mas se começarmos a tentar agir como um time, aposto que poderíamos ganhar alguns jogos esse ano.

Nesse ponto, a maioria dos jogadores tinha chegado, e, ao olhar os rostos ao redor, David notou que pareciam interessados.

— Tudo bem — disse um deles. — O que fazemos?

David hesitou por um momento. O que eles poderiam fazer era a Onda. Mas quem ele era para explicar o movimento? Tinha aprendido sobre ele no dia anterior. De repente, sentiu alguém o cutucando.

— Conte pra eles — sussurrou Eric. — Conte pra eles sobre a Onda.

Que se dane, pensou David.

— Ok, tudo o que sei é que vocês precisam começar aprendendo os lemas. E essa é a saudação...

CAPÍTULO 7

Naquela noite, Laurie Saunders contou aos seus pais sobre suas duas últimas aulas de história. A família Saunders estava sentada à mesa, terminando o jantar. Durante a maior parte da refeição, o pai de Laurie lhes dera uma descrição detalhada de cada uma das 78 tacadas que fizera no golfe aquela tarde. O sr. Saunders coordenava uma divisão de uma grande empresa de semicondutores. A mãe de Laurie dizia não se incomodar com a paixão do marido pelo golfe porque, no campo, ele conseguia colocar para fora todas as pressões e frustrações do seu trabalho. Ela alegava não saber explicar como ele fazia isso, mas enquanto ele continuasse chegando em casa de bom humor, ela não discutiria.

Nem Laurie, por mais que escutar o pai tagarelando sobre golfe às vezes quase a matasse de tédio. Era melhor que ele fosse tranquilo, em vez de neurótico como a mãe, que devia ser a mulher mais inteligente e perceptiva que Laurie já conhecera. Ela praticamente gerenciava a Liga das Mulheres Eleitoras da região sozinha, e era tão politicamente astuta que aspirantes a políticos em busca de um escritório local viviam lhe pedindo conselho.

Para Laurie, sua mãe era muito divertida quando as coisas estavam dando certo. Era cheia de ideias, e podia conversar com qualquer um por horas. Mas em outras ocasiões, quando Laurie estava chateada com alguma coisa ou tendo um problema, sua mãe era a morte; não havia maneira de esconder nada dela. E uma vez que Laurie admitisse a dificuldade, ela não a deixava mais em paz.

Quando Laurie começou a contar sobre a Onda no jantar, foi basicamente porque não aguentava mais ouvir o pai falar sobre golfe nem por mais um minuto. Ela notou que a mãe também estava entediada. A sra. Saunders passara os últimos quinze minutos raspando uma mancha de cera da toalha de mesa com a unha.

— Foi incrível — dizia Laurie sobre a aula. — Todo mundo estava fazendo a saudação e repetindo o lema. Era inevitável se deixar envolver. Sabe, realmente querer fazer aquilo dar certo. Sentir toda aquela energia se elevando ao redor.

A sra. Saunders parou de raspar a toalha de mesa e olhou para a filha.

— Não sei se gosto disso, Laurie. Parece militarista demais para mim.

— Ah, mãe — disse Laurie —, você sempre leva as coisas para um lado ruim. Não é nada disso. Honestamente, você precisaria estar lá, sentindo a energia positiva na sala, para entender de verdade o que está acontecendo.

O sr. Saunders concordou.

— Para dizer a verdade, eu apoio tudo que faça essa garotada prestar atenção a qualquer coisa nesses tempos.

— E é isso o que está acontecendo, mãe — afirmou Laurie.

— Até os alunos ruins estão interessados. Sabe Robert Billings, o esquisito da sala? Até ele entrou para o grupo. Ninguém implica com ele há dois dias. Vai me dizer que isso não é positivo?

— Mas você deveria estar aprendendo história — argumentou a sra. Saunders. — Não como fazer parte de um grupo.

— Bem, sabe como é — respondeu o marido —, esse país foi construído por pessoas que faziam parte de um grupo: os Peregrinos, os Pais Fundadores. Não acho errado que Laurie esteja aprendendo a cooperar. Se eu conseguisse um pouco de cooperação lá na fábrica, em vez daquela fofoca constante e implicância e todo mundo tentando salvar o próprio vocês--sabem-o-quê, não estaríamos tão atrasados na produção desse ano.

— Eu não disse que era errado cooperar — retrucou a sra. Saunders. — Mas mesmo assim, as pessoas têm que fazer as coisas do próprio jeito. Quando se fala da grandiosidade desse país, se fala das pessoas que não tiveram medo de agir como indivíduos.

— Mãe, eu realmente acho que você está levando isso pro lado errado — afirmou Laurie. — O sr. Ross só encontrou uma maneira de envolver todo mundo. E nós continuamos fazendo dever de casa. Não é como se tivéssemos deixado a história pra lá.

Mas sua mãe não se satisfez.

— Isso tudo é muito bom. Mas não me parece a coisa certa para você, Laurie. Querida, você foi criada para ser um indivíduo.

O pai de Laurie se voltou para a esposa.

— Midge, você não acha que está levando tudo isso um pouco a sério demais? Um pouco de espírito de comunidade é algo formidável para esses jovens.

— É verdade, mãe — disse Laurie, sorrindo um pouco. — Você não me fala sempre que sou independente demais?

A sra. Saunders não estava convencida.

— Querida, só lembre que o que é popular nem sempre é certo.

— Ah, mãe — reclamou Laurie, aborrecida pela mãe não enxergar seu lado da história. — Ou você está sendo teimosa, ou não entendeu nada.

— Verdade, Midge — concordou o sr. Saunders. — Tenho certeza de que o professor de história de Laurie sabe exatamente o que está fazendo. Não vejo por que você deveria criar caso com isso.

— Você não acha perigoso deixar que um professor manipule os alunos desse jeito? — perguntou ela para o marido.

— O sr. Ross não está nos manipulando — declarou Laurie. — Ele é um dos meus melhores professores. Sabe o que está fazendo, e até onde eu sei, é pelo bem da turma. Queria que outros professores fossem tão interessantes.

A mãe de Laurie parecia pronta para continuar discutindo, mas seu marido mudou o assunto.

— Cadê o David? — perguntou. — Ele não vem essa noite?

David frequentemente os visitava à noite, em geral sob o pretexto de estudar com Laurie. Mas era inevitável que acabasse no estúdio com o pai dela, conversando sobre esportes ou engenharia. Já que David queria estudar engenharia, como o sr. Saunders fizera, eles tinham muito sobre o que conversar. O sr. Saunders também jogara futebol americano no ensino médio. A mãe de Laurie um dia lhe dissera que os dois eram feitos um para o outro.

Laurie balançou a cabeça.

— Ele está em casa, estudando para o trabalho de história de amanhã.

O sr. Saunders pareceu surpreso.

— David estudando? *Isso,* sim, é motivo para preocupação.

Como tanto Ben quanto Christy Ross davam aula em tempo integral na escola, eles haviam se acostumado a dividir muitas das tarefas pós-trabalho em casa: cozinhar, limpar e resolver pendências. Naquela tarde, Christy precisava levar o carro na oficina para trocar o silenciador, então Ben concordara em cozinhar. Mas depois daquela aula de história, ele estava preocupado demais para se dar ao trabalho. Em vez disso, parou no restaurante chinês a caminho de casa e comprou alguns rolinhos primavera e fu yung hai para levar.

Quando Christy chegou em casa, mais ou menos na hora do jantar, encontrou a mesa coberta não de pratos, mas, sim, de livros, novamente. Olhando para a sacola de papel pardo na bancada da cozinha, ela perguntou:

— Você chama isso de janta?

Ben ergueu os olhos da mesa.

— Desculpe, Chris. É que estou tão preocupado com essa turma. E tenho tanta coisa para preparar que não quis perder tempo cozinhando.

Christy assentiu. Não era como se ele fizesse isso sempre que fosse sua vez de cozinhar. Ela poderia perdoá-lo dessa vez. Começou a desembalar a comida.

— Então, como vai sua experiência, dr. Frankenstein? Seus monstros já se voltaram contra você?

— Pelo contrário — respondeu o marido. — A maioria deles está realmente virando gente!

— Não brinca — disse Christy.

— Por acaso eu sei que todos eles estão com a leitura em dia — afirmou Ben. — Alguns estão até se adiantando. É como se, de repente, eles amassem estar preparados para a aula.

— Ou como se, de repente, sentissem medo de estar despreparados — observou a mulher.

Mas Ben ignorou o comentário.

— Não, eu realmente acho que eles melhoraram. Ao menos estão se comportando melhor.

Christy balançou a cabeça.

— Não podem ser os mesmos alunos para os quais eu ensino música.

— Estou dizendo — continuou o marido —, é impressionante como eles gostam bem mais quando a gente toma as decisões por eles.

— Claro, significa menos trabalho para *eles*. Não precisam pensar por conta própria — argumentou Christy. — Mas agora pare de ler e tire alguns desses livros daí para podermos comer.

Enquanto Ben abria espaço na mesa, Christy serviu a comida. Quando o marido se levantou, Christy achou que ele fosse ajudá-la, mas, em vez disso, começou a andar em círculos pelo cômodo, perdido em pensamentos. Christy continuou a pôr a mesa, mas também estava pensando na Onda. Havia algo no experimento que a incomodava, algo no tom do marido quando ele falava sobre a turma; como se eles tivessem virado alunos melhores que o restante da escola. Ao se sentar à mesa, ela perguntou:

— Por quanto tempo você pretende estender isso, Ben?

— Não sei — respondeu Ross. — Mas eu acho que seria fascinante ver o resultado.

Christy observou o marido andar ao redor da cozinha, perdido em pensamentos.

— Por que não se senta? — sugeriu. — Seu fu yung hai vai esfriar.

— Sabe — disse ele ao se aproximar da mesa e sentar —, o engraçado é que eu me sinto envolvido nisso tudo também. É contagiante.

Christy assentiu. Era óbvio.

— Talvez você esteja se tornando um ratinho no próprio experimento — comentou ela.

Por mais que tenha feito a frase parecer uma brincadeira, Christy torcia para que ele a entendesse como um alerta.

CAPÍTULO 8

Tanto David quanto Laurie moravam perto o bastante do Colégio Gordon para ir a pé. O caminho de David não necessariamente passava pela casa de Laurie, mas desde o primeiro ano do ensino médio ele vinha fazendo esse desvio. Quando a notou, ele começou a pegar a rua de Laurie a caminho da escola toda manhã na esperança de passar em frente à casa dela bem no momento em que ela estivesse saindo. No começo ele só conseguia esbarrar com Laurie mais ou menos uma vez por semana. Mas conforme as semanas se passaram e eles se conheceram melhor, David passou a alcançá-la com mais frequência até que, na primavera, os dois começassem a fazer o caminho juntos quase todos os dias. Por muito tempo, o garoto achou que fosse só uma questão de sorte e de estar no lugar certo na hora certa. Nunca lhe ocorreu que, desde o início, Laurie estivesse espiando pela janela, esperando por ele. No começo ela apenas fingia "esbarrar" com ele, uma vez por semana. Mais tarde, ela passou a "esbarrar" com ele com mais frequência.

Quando David buscou Laurie a caminho da escola na manhã seguinte, estava explodindo de ideias.

— Estou dizendo, Laurie — falou enquanto caminhavam pela calçada. — Isso é exatamente o que o time de futebol precisa.

— O que o time de futebol precisa — respondeu a namorada — é de alguém que saiba passar a bola, um corredor que não seja mão furada, dois volantes que não tenham medo de atacar, um ponta que...

— Para — pediu David, irritado. — Estou falando sério. Apresentei a ideia ao time ontem. Brian e Eric me ajudaram. Os caras realmente responderam bem. Tipo, não é como se tivéssemos melhorado depois de só um treino, mas eu pude sentir. Realmente pude sentir o espírito de equipe. Até o treinador Schiller ficou impressionado. Disse que parecíamos um novo time.

— Minha mãe diz que parece lavagem cerebral — comentou Laurie.

— O quê?

— Ela diz que o sr. Ross está manipulando a gente.

— Ela está maluca — retrucou David. — Como poderia saber? Além disso, desde quando você se importa com o que sua mãe diz? Você sabe que ela se preocupa com tudo.

— Eu não disse que concordava com ela.

— Bem, mas também não discordou.

— Eu só te disse o que ela falou — argumentou Laurie.

David se recusava a deixar o assunto para lá.

— Como ela sabe, de qualquer maneira? Não tem como ela saber do que se trata a Onda, a menos que estivesse na aula para vê-la em ação. Os pais sempre acham que sabem tudo!

Laurie sentiu um súbito desejo de discordar dele, mas se controlou. Não queria começar uma briga com David por algo tão pequeno. Odiava quando os dois se desentendiam. Além disso, até onde ela sabia, a Onda poderia ser exatamente o que o time de futebol precisava. Eles, com certeza, precisavam de *alguma coisa*. Decidiu mudar de assunto.

— Você achou alguém para te ajudar com cálculo?

David deu de ombros.

— Que nada, os únicos que sabem alguma coisa são da minha sala.

— E por que não fala com um deles?

— Nem pensar — respondeu David. — Não quero que nenhum deles saiba que estou tendo dificuldade.

— Por que não? Tenho certeza de que alguém te ajudaria.

— Claro que sim. Mas eu não quero a ajuda deles.

Laurie suspirou. Era verdade que muitos alunos eram competitivos com notas e posição na sala. Mas poucos levavam isso tão longe quanto David.

— Bem — disse ela. — Sei que Amy não comentou nada no almoço, mas se você não encontrar mais ninguém, ela provavelmente poderia te ajudar.

— Amy?

— Ela é incrivelmente boa em matemática — explicou Laurie. — Aposto que se você mostrasse seu problema, ela o resolveria em dez minutos.

— Mas eu perguntei para ela no almoço.

— Ela só estava sendo tímida. Acho que gosta do Brian e não quer intimidá-lo ao parecer inteligente demais.

David riu.

— Não acho que ela precise se preocupar, Laurie. A única forma de intimidá-lo seria se ela pesasse cem quilos e usasse um uniforme do Clarkstown.

Quando os alunos chegaram à sala naquele dia, viram um grande pôster nos fundos com o símbolo de uma onda azul. Encontraram o sr. Ross vestido diferente do usual. Ele sempre vestia roupas casuais para a escola, mas nesse dia estava de terno azul, camisa branca e gravata. Os alunos seguiram depressa para os lugares enquanto o professor passava pelos corredores entregando cartõezinhos amarelos.

Brad cutucou Laurie.

— Não está na época do boletim — sussurrou.

Laurie olhou para o cartão que recebera.

— É um cartão de filiação à Onda — sussurrou de volta.

— O quê? — sibilou Brad.

— Muito bem. — O sr. Ross bateu palmas com força. — Sem falatório.

Brad ajeitou a postura na cadeira. Mas Laurie entendia sua surpresa. Cartões de filiação? Devia ser uma piada. No meio-tempo, o sr. Ross havia terminado de distribuir os cartões e ficou parado na frente da sala.

— Agora todos vocês terão cartões de filiação — anunciou o sr. Ross. — Se o virarem, vão descobrir que alguns foram marcados com um X vermelho. Se o seu tem um X vermelho, você é um monitor e vai reportar diretamente a mim sobre qualquer integrante da Onda que não obedeça às nossas regras.

Pelo cômodo, os alunos analisavam seus cartões e o viravam para ver se encontrariam um X vermelho. Aqueles que os tinham, como Robert e Brian, estavam sorrindo. Os que não tinham, como Laurie, pareciam menos satisfeitos.

Laurie ergueu a mão.

— Sim, Laurie — disse Ben.

— Hum, qual é o objetivo disso?

Fez-se um silêncio na sala, e Ben não respondeu à pergunta de cara. Em vez disso, disse:

— Você não está se esquecendo de alguma coisa?

— Ah, certo. — Laurie se levantou ao lado da carteira. — Sr. Ross, qual é o objetivo desses cartões?

Ben esperara que alguém o questionasse sobre os cartões. A razão não seria imediatamente aparente. Por ora, ele respondeu:

— É só um exemplo de como um grupo pode monitorar a si mesmo.

Laurie não tinha mais perguntas, então Ben se virou para o quadro-negro e adicionou outra palavra a "Força Através da Disciplina, Força Através da Comunidade". A palavra do dia era "Ação".

— Agora que entendemos Disciplina e Comunidade — disse à turma —, Ação é nossa próxima lição. No fim das contas, disciplina e comunidade não têm sentido sem ação. Disciplina lhe dá o direito à ação. Um grupo disciplinado com um objetivo pode agir para alcançá-lo. *Deve* agir para alcançá-lo. Turma, vocês acreditam na Onda?

Houve um milésimo de segundo de hesitação, então a turma se ergueu ao mesmo tempo e respondeu em uníssono.

— Sr. Ross, sim!

O professor assentiu.

— Então vocês precisam agir! Nunca tenham medo de agir baseados em suas crenças. Assim como a Onda, vocês devem agir juntos, como uma máquina lubrificada. Através do esforço e da lealdade, vocês aprenderão mais rápido e serão mais bem-sucedidos. Mas apenas se apoiarem um ao outro, e apenas se trabalharem juntos e obedecerem às regras, vocês poderão garantir o sucesso da Onda.

Enquanto ele falava, os alunos permaneceram de pé ao lado das carteiras, alertas. Laurie Saunders os acompanhava, mas não sentia a forte energia e unidade que sentira nos dias anteriores. Na verdade, nesse dia havia alguma coisa na turma, alguma coisa na obstinação e absoluta obediência ao sr. Ross que ela quase podia descrever como algo bizarro.

— Sentem-se — ordenou o sr. Ross, e a turma se sentou instantaneamente. Ele continuou a lição. — Quando começamos a Onda há alguns dias, eu senti que alguns de vocês estavam competindo para dar as respostas certas e para ser melhores do que os outros. De agora em diante, quero que isso acabe. Vocês não estão competindo uns contra os outros, então trabalhando juntos por uma causa comum. Precisam se aceitar como um time, um time do qual todos vocês fazem parte. Lembrem-se, na Onda, todos são iguais. Ninguém é mais importante ou mais popular do que ninguém, e ninguém deve ser excluído do grupo. Comunidade significa igualdade dentro do grupo.

"Agora, sua primeira ação como um time será ativamente recrutar novos integrantes. Para se juntar à Onda, todos os novos alunos devem demonstrar conhecimento das regras e jurar total obediência a elas."

David sorriu quando Eric o olhou e piscou. Era isso que ele precisava escutar. Não havia nada de errado em integrar outros alunos à Onda. Era para o bem de todos. Em especial, do time de futebol.

O sr. Ross concluíra seu discurso sobre a Onda. Tinha a intenção de passar o resto do tempo de aula revisando o trabalho que passara à turma na aula anterior. Mas, de repente, um aluno chamado George Snyder levantou a mão.

— Sim, George.

Ele se levantou com firmeza ao lado da carteira.

— Sr. Ross, é a primeira vez que sinto que faço parte de algo — anunciou. — Algo incrível.

Ao redor da sala, alunos surpresos encararam George. Ao sentir os olhares, ele começou a afundar de volta na cadeira. Mas então Robert se levantou de súbito.

— Sr. Ross — disse, orgulhoso —, eu sei exatamente como George se sente. É como nascer de novo.

Assim que ele retornou ao assento, Amy se levantou.

— George tem razão, sr. Ross. Eu me sinto da mesma forma.

David ficou satisfeito. Sabia que a atitude de George tinha sido cafona, mas então Robert e Amy fizeram o mesmo para que ele não se sentisse bobo e sozinho. Isso que era bom na Onda. Eles se davam apoio. David se levantou e disse:

— Sr. Ross, estou orgulhoso da Onda.

A súbita erupção de depoimentos surpreendeu Ben. Ele estava determinado a dar continuidade à aula do dia, mas, de repente, soube que precisava dar um pouco mais de corda para a turma. De maneira quase subconsciente, ele sentiu o quanto eles queriam ser liderados e se flagrou incapaz de negar.

— Nossa saudação! — ordenou.

Pela sala, os alunos saltaram em alerta ao lado das carteiras e fizeram a saudação da Onda. Os lemas se seguiram:

— Força Por Meio da Disciplina, Força Por Meio da Comunidade, Força Por Meio da Ação!

O sr. Ross estava pegando suas anotações para a aula quando os alunos voltaram a se manifestar, dessa vez fazendo a saudação e entoando os lemas sem orientação. Silêncio recaiu sobre a sala. O professor encarou os alunos, maravilhado. A Onda não era mais só uma ideia ou um jogo. Era um movimento vivo em seus estudantes. Eles *eram* a Onda agora, e Ben se deu conta de que eles poderiam agir por conta própria, sem sua participação, se desejassem. Esse pensamento poderia ser assustador, mas Ben tinha confiança no seu controle como líder. O experimento estava apenas se tornando muito mais interessante.

No almoço, todos os integrantes da Onda presentes no refeitório se sentaram a uma única mesa longa. Brian, Brad, Amy, Laurie e David estavam lá. A princípio, Robert Billings pareceu receoso sobre se juntar a eles, mas quando David o viu, insistiu para que ele se sentasse à mesa, dizendo que todos faziam parte da Onda a partir daquele momento.

A maioria dos alunos estava surtando com as aulas do sr. Ross, e Laurie não tinha motivo para discutir com eles. Mas, ainda assim, se sentia estranha com todas aquelas saudações e lemas. Finalmente, durante uma pausa na conversa, ela disse:

— Alguém se sente meio estranho com tudo isso?

David se virou para ela.

— Como assim?

— Não sei — respondeu Laurie. — Não parece um pouco esquisito?

— Só é muito diferente — disse Amy. — É por isso que parece esquisito.

— É — confirmou Brad. — É como se não existisse mais panelinha. Cara, a parada que mais me incomoda na escola, às vezes, são todos esses grupinhos. Estou cansado de sentir que todo dia é um concurso de popularidade. Isso que é tão incrível na Onda. Você não precisa se preocupar com o quão popular é. Nós somos todos iguais. Todos fazemos parte da mesma comunidade.

— Você acha que todo mundo gosta disso? — perguntou Laurie.

— Você conhece alguém que não goste? — perguntou David.

Laurie sentiu o rosto corar.

— Bem, eu não tenho certeza de que gosto.

De repente, Brian tirou algo do bolso e mostrou para Laurie.

— Ei, não esqueça — disse, erguendo seu cartão de membro da Onda com um X vermelho no verso.

— Esquecer do quê? — perguntou Laurie.

— Você sabe — respondeu Brian. — O que o sr. Ross disse sobre reportar qualquer um que quebre as regras.

Laurie ficou chocada. Brian não podia estar falando sério, podia? Quando ele começou a sorrir, ela relaxou.

— Além disso — comentou David —, Laurie não está quebrando nenhuma regra.

— Se ela realmente fosse contra a Onda, estaria quebrando — afirmou Robert.

O restante da mesa se pôs em silêncio, surpreso por Robert ter se manifestado. Alguns nem estavam acostumados a ouvir a voz dele, de tão pouco que falava normalmente.

— O que quero dizer é — continuou Robert com nervosismo —, o grande ponto da Onda é que os integrantes devem apoiá-la. Se somos realmente uma comunidade, todos devemos concordar.

Laurie estava prestes a responder, mas se conteve. Tinha sido a Onda que dera coragem para Robert se sentar à mesa com eles e participar da conversa. Se ela argumentasse contra nesse momento, estaria na verdade insinuando que Robert deveria voltar a se sentar sozinho e não fazer parte da "comunidade" deles.

Brad deu tapinhas nas costas de Robert.

— Ei, fico feliz por você ter se juntado a nós — comentou.

Robert corou e se virou para David.

— Ele colou alguma coisa nas minhas costas? — perguntou.

Todos na mesa gargalharam.

CAPÍTULO 9

Ben Ross não tinha muita certeza do que pensar sobre a Onda. O que começara como um simples experimento nas aulas de história se tornara uma moda que se espalhava para fora de sua sala. Como resultado, algumas coisas inesperadas estavam começando a acontecer. Em primeiro lugar, a turma de história se expandia cada vez mais à medida que alunos que tinham tempos vagos, estavam na biblioteca ou no horário de almoço apareciam para fazer parte da Onda. Pelo visto, o recrutamento de mais alunos para a Onda fizera muito mais sucesso do que ele esperava. Tanto sucesso, na verdade, que Ben começou a suspeitar de que alguns alunos estivessem matando outras aulas para assistir à dele.

O mais impressionante, no entanto, era que, mesmo com a sala mais cheia e a insistência dos alunos em praticar a saudação e o lema, a turma não estava ficando para trás na matéria. Na verdade, eles até completavam as lições requeridas mais depressa do que o normal. Usando o estilo de perguntas e respostas rápidas inspirado pela Onda, eles tinham estudado a entrada do Japão na Segunda Guerra Mundial em pouco tempo. Ben notou uma melhora significativa na preparação para as aulas e na participação, mas também notou que havia menos reflexão por trás do processo. Seus alunos podiam cuspir as respostas sem hesitação, como se tivessem decorado, mas não havia mais análise ou questionamento da parte deles. De certo modo, Ross não podia culpá-los, pois ele mesmo havia apresentado os métodos da Onda aos alunos. Era apenas outra consequência inesperada do experimento.

Ben concluiu que os alunos haviam percebido que negligenciar os estudos seria prejudicial à Onda. A única maneira de terem tempo para dedicar à Onda era estando tão bem preparados que só precisariam de metade do tempo da aula para falar sobre os trabalhos passados. Mas ele não tinha certeza de que estava satisfeito com isso. Os deveres de casa da turma haviam melhorado, mas, em vez de respostas longas e pensadas, eles escreviam textos curtos. Poderiam se sair bem num teste de múltipla escolha, mas Ben duvidava do desempenho deles numa prova dissertativa.

Somando-se aos resultados interessantes de seu experimento havia um relato que ele ouvira sobre David Collins e seus amigos, Eric e Brian, terem infundido com sucesso a Onda no time de futebol. Ao longo dos anos, Norm Schiller, o professor de biologia que também treinava o time de futebol americano da escola, se tornara tão amargurado pelas piadinhas sobre as contínuas derrotas do time que, durante a temporada de jogos, ele praticamente passava meses sem falar com os colegas. Mas naquela manhã, na sala dos professores, Norm havia de fato lhe agradecido por apresentar a Onda aos seus alunos. As surpresas nunca acabariam?

Por conta própria, Ben tentara descobrir o que atraía os alunos à Onda. Alguns diziam que era só uma coisa nova, como qualquer modinha. Outros alegavam gostar da democracia do movimento; do fato de todos serem considerados iguais. Ross ficava satisfeito ao ouvir essa resposta. Gostava de pensar que ajudara a acabar com as competições mesquinhas por popularidade e panelinhas que ele sentia, com frequência, que consumiam energia e tempo de reflexão demais dos seus alunos. Alguns até responderam que achavam o aumento da cobrança bom para eles. Isso o surpreendera. Ao longo dos anos, a disciplina se tornara uma responsabilidade cada vez mais pessoal. Se os alunos não a providenciavam por conta própria, os professores ficavam cada vez menos inclinados a intervir. Talvez tenha sido um erro, pensou Ben. Talvez um dos resultados do seu experimento fosse um renascimento geral da disciplina escolar. Ele até fantasiou sobre uma matéria na seção educativa da revista Times — *Disciplina de volta à sala de aula: Professor faz descoberta impressionante.*

Laurie Saunders estava sentada a uma mesa da redação da escola, mordendo a ponta de uma caneta. Vários integrantes da equipe do *A Videira* ocupavam algumas mesas ao seu redor, roendo as unhas ou mascando chiclete. Alex Cooper usava seu rádio Sony e dançava ao som da música que saía dos fones de ouvido. Outra repórter usava patins. Era isso que o *Videira* chamava de reunião editorial semanal.

— Muito bem — disse Laurie. — Temos o mesmo problema de sempre. O jornal sai na semana que vem, mas nós não temos matérias o suficiente. — Ela olhou para a garota de patins. — Jeanie, você deveria escrever uma sobre as últimas tendências da moda. Cadê?

— Ah, ninguém vestiu nada interessante esse ano — respondeu ela. — É sempre a mesma coisa: calça jeans, tênis e camiseta.

— Bem, então escreva sobre como não há estilos novos esse ano — sugeriu Laurie, então se virou para o repórter que dançava ao som do rádio. — Alex?

Ele continuou dançando. Não estava ouvindo.

— Alex! — Laurie chamou mais alto.

Finalmente, alguém perto de Alex lhe deu uma cotovelada. Ele ergueu o olhar, assustado.

— Hum, sim?

Laurie revirou os olhos.

— Alex, isso deveria ser uma reunião editorial.

— Jura? — respondeu ele.

— Ok, então, onde está sua resenha de álbum para essa edição? — perguntou Laurie.

— Ah, hum, é, resenha de álbum, certo, hum, é — balbuciou Alex. — Bem, hum, veja bem, é uma longa história. Hum, tipo, eu ia escrever, mas, hum, lembra da viagem que eu disse que precisava fazer pra Argentina?

Laurie voltou a revirar os olhos.

— Bem, ela não rolou — continuou ele. — E eu precisei ir a Hong Kong em vez disso.

Laurie se virou para o comparsa de Alex, Carl.

— Imagino que você tenha precisado ir a Hong Kong com ele — comentou ela com sarcasmo.

Carl balançou a cabeça.

— Não — respondeu, sério. — Eu fui pra Argentina, como programado.

— Entendo — disse Laurie, olhando para o resto da equipe. — Suponho que todos vocês também andaram muito ocupados dando voltas pelo mundo para escrever qualquer coisa.

— Eu fui ao cinema — anunciou Jeanie.

— Escreveu uma resenha? — questionou Laurie.

— Não, o filme era muito bom.

— Muito bom?

— Não tem graça nenhuma escrever resenhas sobre filmes bons.

— É — concordou Alex, o viajante global e crítico musical. — Não tem graça fazer resenha de um filme bom porque não há nada de ruim a dizer sobre ele. Só tem graça escrever sobre alguma coisa quando ela é ruim. Aí você pode destruir, he, he, he.

Alex começou a esfregar as mãos uma na outra, como um cientista maluco. Ele fazia a melhor interpretação de cientista maluco da escola. Também fazia uma ótima imitação de praticante de windsurfe durante um furacão.

— Precisamos de matérias para o jornal — afirmou Laurie, resoluta. — Ninguém tem ideias?

— Compraram um ônibus novo para a escola — contou alguém.

— Uhuuuul!

— Ouvi dizer que o sr. Gabondi vai tirar um ano sabático.

— Talvez ele não volte.

— Algum garoto do primeiro ano deu um soco numa janela ontem. Estava tentando provar que era possível socar uma janela e não se cortar.

— E conseguiu?

— Que nada, levou doze pontos.

— Ei, calma aí — pediu Carl. — E quanto a tal da Onda? Todo mundo quer saber do que se trata.

— Você não é da turma de história do sr. Ross, Laurie? — perguntou outro integrante da equipe.

— Deve ser a maior notícia da escola no momento — comentou um terceiro.

Laurie assentiu. Tinha noção de que a Onda valia uma matéria, e talvez uma bem grande. Há poucos dias ela mesma pensara que algo como a Onda devia ser exatamente o que a equipe preguiçosa e desorganizada do *Videira* precisava. Mas tinha deixado a ideia para lá. Nem sabia explicar sua decisão de maneira consciente. Foi só aquela sensação bizarra que ela começou a ter, a sensação de que eles talvez devessem tomar cuidado com a Onda. Até então, ela vira que o experimento trouxera coisas boas à aula do sr. Ross, e David alegou achar que estava ajudando o time de futebol. Ainda assim, ela continuava cautelosa.

— E aí, Laurie? — perguntou alguém.

— A Onda? — repetiu ela.

— Como você não passou essa matéria pra gente? — questionou Alex. — Ou está guardando as histórias boas só para você?

— Não sei se alguém sabe o suficiente sobre o assunto para escrever sobre ele ainda — afirmou Laurie.

— Como assim? Você está na Onda, não está? — perguntou Alex.

— Bem, sim, estou — respondeu Laurie. — Mas mesmo assim... Ainda não sei.

Dois integrantes da equipe fizeram cara de desaprovação.

— Bem, eu ainda acho que o *Videira* deveria ter uma matéria reportando sua existência, pelo menos — afirmou Carl. — Tipo, tem um monte de gente se perguntando do que se trata.

Laurie assentiu.

— Tudo bem, você tem razão. Vou tentar explicar. Mas, nesse meio-tempo, quero que todos vocês façam alguma coisa. Ainda temos alguns dias antes da data de impressão do jornal. Façam o que puderem para descobrir a opinião dos alunos sobre a Onda.

Desde a noite em que discutira sobre a Onda pela primeira vez com os pais durante o jantar, Laurie vinha propositalmente evitando o assunto em casa. Não parecia valer a pena criar mais confusão, muito menos com a mãe, que encontrava um motivo para se preocupar com tudo o que Laurie fazia, desde sair tarde com David a morder uma caneta ou participar da Onda. Laurie só torcia para que a mãe esquecesse o assunto. Mas naquela noite, enquanto estudava no quarto, ela bateu à porta.

— Querida, posso entrar?

— Claro, mãe.

A porta se abriu e a sra. Saunders entrou usando um roupão de banho amarelo felpudo e chinelos. A pele ao redor dos seus olhos parecia oleosa, e Laurie soube que ela aplicara creme antirrugas ali.

— Como vão os pés de galinha, mãe? — perguntou num tom brincalhão.

A sra. Saunders deu um sorriso irônico para a filha.

— Um dia — disse ela, balançando um dedo —, um dia você não vai achar isso tão engraçado. — Ela andou até a mesa e espiou por cima do ombro da filha para o livro que ela estava lendo. — Shakespeare?

— O que esperava?

— Bem, tudo menos a Onda — respondeu a sra. Saunders, sentando na cama.

Laurie se virou para olhá-la.

— Como assim, mãe?

— É só que eu encontrei com Elaine Billings no mercado hoje, e ela me disse que Robert virou uma pessoa totalmente nova.

— Ela estava preocupada? — perguntou Laurie.

— Não, ela não estava, mas eu estou. Sabe, eles vêm tendo problemas com o Robert há anos. Elaine falava frequentemente comigo sobre isso. Ela se preocupava muito.

Laurie assentiu.

— Então está extasiada com essa mudança súbita — continuou a sra. Saunders. — Mas, por algum motivo, eu não confio nisso. Numa mudança de personalidade tão drástica. Parece até que ele entrou para uma seita ou algo assim.

— Como assim?

— Laurie, se você estudar o tipo de pessoa que entra para essas seitas, vai ver que elas são quase sempre infelizes consigo mesmas e com a vida que levam. Elas veem a seita como uma maneira de mudar, de recomeçar, de literalmente renascer. Como mais você explicaria a mudança de Robert?

— Mas qual é o problema, mãe?

— O problema é que não é real, Laurie. Robert só está seguro enquanto continuar dentro dos limites da Onda. Mas o que você acha que vai acontecer quando ele sair? O mundo lá fora não conhece ou se importa com a Onda. Se Robert não conseguia agir dentro da escola antes da Onda, ele não vai conseguir agir fora da escola, onde a Onda não existe.

Laurie entendeu.

— Bem, você não precisa se preocupar comigo, mãe. Não acho que continuo morrendo de amores pela Onda como há alguns dias.

A sra. Saunders assentiu.

— É, eu não achei que você continuaria depois de pensar um pouco no assunto.

— Então qual é o problema? — perguntou Laurie.

— O problema é todo mundo na escola que ainda leva isso a sério.

— Ah, mãe, é você quem está levando essa história a sério demais. Quer saber o que eu acho? Acho que é só uma modinha. Como punk rock ou algo assim. Em dois meses, ninguém mais vai nem lembrar o que era a Onda.

— A sra. Billings me contou que estão organizando uma assembleia da Onda para sexta à noite — comentou a sra. Saunders.

— É só uma assembleia de incentivo antes do jogo de futebol no sábado — explicou Laurie. — A única diferença é que estão chamando de assembleia da Onda, em vez de assembleia de incentivo.

— Durante a qual eles vão formalmente doutrinar duzentos novos integrantes? — perguntou a sra. Saunders, duvidosa.

Laurie suspirou.

— Mãe, escuta. Você está ficando paranoica de verdade com essa coisa toda. Ninguém está doutrinando ninguém. Eles vão dar as boas-vindas aos novos integrantes da Onda durante o evento. Essas pessoas iriam à assembleia de incentivo de qualquer maneira. Sério, mãe. A Onda é só um jogo. É como garotinhos brincando de soldados. Queria que você pudesse conhecer o sr. Ross, aí veria que não há nada com que se preocupar. Ele é um professor muito bom. Nunca se envolveria em nada parecido com seitas.

— E você não está nem um pouco incomodada? — perguntou a sra. Saunders.

— Mãe, a única coisa que me incomoda é como tantos alunos da minha sala podem se deixar envolver em algo tão imaturo. Tipo, acho que consigo entender por que David se interessou. Ele está convencido de que vai salvar o time de futebol. Mas é Amy que não consigo entender. Quer dizer, bem, você conhece a Amy. Ela é tão inteligente e, mesmo assim, vejo como está levando o assunto a sério.

— Então você *está* preocupada — disse a mãe.

Mas Laurie balançou a cabeça.

— Não, mãe. Essa é a única coisa que me incomoda, e não é nada de mais. Juro, você está fazendo tempestade num copo d'água. Sério, confia em mim.

A sra. Saunders se levantou devagar.

— Bem, então tá, Laurie. Pelo menos eu sei que você não está envolvida nessa situação. Acho que já posso ficar agradecida por isso. Mas por favor, querida, tome cuidado.

Ela se debruçou, beijou a testa da filha e saiu do quarto.

Por alguns minutos, Laurie ficou sentada à mesa sem voltar ao dever de casa. Em vez disso, mordeu uma caneta Bic e pensou sobre as preocupações da mãe. Ela estava mesmo exagerando, não estava? Era só uma modinha, certo?

CAPÍTULO 10

Ben Ross estava tomando café na sala dos professores quando alguém entrou e lhe disse que o diretor Owens queria vê-lo em sua sala. Ross sentiu um tremor nervoso. Será que algo dera errado? Se Owens queria vê-lo, só podia ser por causa da Onda.

Ross foi para o corredor e seguiu para a sala do diretor. No caminho, mais de uma dúzia de alunos parou para lhe fazer a saudação da Onda. Ele correspondeu e continuou depressa, se perguntando o que Owens teria a dizer. Por um lado, se Owens falasse que tinha recebido reclamações e que ele deveria interromper o experimento, Ross sabia que sentiria certo alívio. Honestamente, ele não esperava que a Onda crescesse tanto. Saber que alunos de outras turmas, até de outras séries, tinham entrado para a Onda ainda o impressionava. Ele não tivera nenhuma intenção de fazer algo desse tipo.

No entanto, havia outra consideração, os chamados párias da turma; Robert Billings, por exemplo. Pela primeira vez na vida, Robert era um semelhante, um integrante, parte do grupo. Ninguém mais tirava sarro dele, ninguém o atormentava. E sua mudança fora, de fato, notável. Não só sua aparência melhorara, como ele estava começando a contribuir. Pela primeira vez agia como um membro ativo da turma. E não só na aula de história. Christy contou que também estava notando a mudança na aula de música. Robert parecia uma pessoa nova. Acabar com a Onda poderia significar seu retorno à posição de esquisito da sala e o fim da única chance que ele tinha.

E será que acabar com o experimento agora também não seria uma traição com os outros alunos que participavam dele? Ben se perguntou. Eles seriam deixados na mão, sem uma chance de ver aonde poderiam ser levados. E ele perderia a chance de guiá-los.

Ben parou de repente. Ei, calma aí. Desde quando estava guiando os alunos a qualquer lugar? Era só um experimento em sala de aula, lembra? Uma oportunidade de seus alunos terem um gostinho de como pode ter sido a vida na Alemanha nazista. Ross sorriu sozinho. Não vamos nos precipitar, pensou, e continuou a seguir pelo corredor.

A porta do diretor Owens estava aberta, e quando ele viu Ben Ross chegar à antessala, gesticulou com uma onda para que ele entrasse.

Ben ficou ligeiramente confuso. No caminho até o escritório, ele de alguma maneira havia se convencido de que o diretor acabaria com ele, mas o velho parecia estar de bom humor.

Owens era um homem grande, de mais de 1,90m de altura. Sua cabeça era quase completamente careca, exceto por alguns tufos de cabelo acima de cada orelha. Sua única outra característica marcante era seu cachimbo, sempre presente, se projetando para fora dos lábios. Ele tinha uma voz grave, e quando estava com raiva era capaz de inspirar religião instantânea no ateu mais convicto. Mas nesse dia parecia que Ben não tinha o que temer.

O diretor estava sentado à sua mesa, os grandes sapatos pretos sobre ela e os olhos semicerrados voltados para Ben.

— Ora, Ben, que terno bonito — elogiou.

O próprio Owen nunca tinha sido visto no Colégio Gordon em menos do que em um terno, mesmo num jogo de futebol de sábado.

— Obrigado, senhor — respondeu Ben com nervosismo.

O diretor sorriu.

— Não me lembro de já ter visto você com um desses.

— Hum, sim, é novo para mim — admitiu Ben.

Owen ergueu uma das sobrancelhas.

— Não teria nada a ver com essa coisa da Onda, teria?

Ben precisou pigarrear.

— Bem, na verdade, tem sim.

O diretor Owens se inclinou para a frente.

— Agora me diga, Ben, do que se trata essa tal da Onda? Você deixou a escola em polvorosa.

— Bem, espero que de uma maneira positiva.

Owens coçou o queixo.

— Pelo que eu ouvi, sim. Você ouviu algo diferente?

Ben sabia que precisava tranquilizá-lo. Balançou depressa a cabeça.

— Não, senhor, não ouvi nada.

O diretor assentiu.

— Sou todo ouvidos, Ben.

O professor tomou um longo fôlego.

— Tudo começou há vários dias, na minha aula de história do terceiro ano. Estávamos assistindo a um filme sobre os nazistas e...

Quando ele terminou de explicar, Ben notou que o diretor Owens parecia menos feliz, mas não tão notavelmente insatisfeito quanto temera. Ele tirou o cachimbo do meio dos lábios e o bateu num cinzeiro.

— Preciso dizer que é incomum, Ben. Tem certeza de que os alunos não estão se atrasando na matéria?

— Na verdade, estão adiantados.

— Mas agora há alunos de fora da sua turma envolvidos — observou o diretor.

— Mas não houve qualquer reclamação. Na verdade, Christy disse que até notou uma melhora em sua aula por causa da Onda.

Era um pouco exagerado, Ben sabia. Mas ele também sentiu que era necessário, porque Owens estava criando caso com a Onda.

— Ainda assim, Ben, esses lemas e essas saudações me incomodam — comentou o diretor.

— Não deveriam. É só parte do jogo. Além disso, Norm Schiller...

— Sim, sim, eu sei — disse Owens, interrompendo-o. — Ele esteve aqui ontem se derramando em elogios. Falou que a Onda literalmente salvou o time de futebol. O jeito como ele falava, Ben, levava a pensar que tinha acabado de escalar seis futuros vencedores do Troféu Heisman. Sendo sincero, eu só gostaria de vê-los derrotando o time de Clarkstown no sábado. — O diretor fez uma pausa momentânea. — Mas não é essa a minha preocupação, Ben. Eu me preocupo com os alunos. Esse negócio de Onda parece muito incerto para o meu gosto. Sei que você não quebrou nenhuma regra, mas existem limites.

— Tenho total noção disso — insistiu Ben. — O senhor precisa entender que esse experimento não pode ir nem um pouco além do que eu permitir. Toda a base da Onda é a ideia de um grupo disposto a seguir seu líder. E, enquanto eu estiver envolvido, garanto que não vai sair do controle.

O diretor Owens voltou a encher o cachimbo com tabaco fresco e o acendeu, desaparecendo por um momento atrás de uma pequena nuvem de fumaça enquanto pensava nas palavras do professor.

— Ok — disse. — Para ser totalmente franco, isso é tão diferente de qualquer coisa que já tenhamos feito por aqui que eu não tenho certeza do que pensar. Vamos ficar de olho, Ben. E fique de ouvidos atentos também. Lembre-se, esse experimento, se é como quer chamar, envolve alunos jovens e impressionáveis. Às vezes esquecemos que eles são jovens e ainda não desenvolveram o, hum, discernimento que esperamos que tenham um dia. Às vezes eles podem levar algo longe demais, se não forem supervisionados. Entende?

— Absolutamente.

— Você me promete que não vamos ter uma fila de pais aqui de repente gritando que estamos doutrinando seus filhos?

— Prometo — afirmou Ben.

O diretor Owens assentiu de leve.

— Bem, não posso dizer que morro de amores pela ideia, mas você nunca me deu motivo para desconfiança.

— E não vou dar agora.

CAPÍTULO 11

Quando Laurie Saunders chegou à redação no dia seguinte, encontrou um envelope branco no chão. Mais cedo naquela manhã ou mais tarde no dia anterior, alguém deve tê-lo deslizado por baixo da porta. Laurie o pegou e fechou a porta. Dentro do envelope havia uma matéria escrita à mão com um bilhete anexado. Laurie leu a mensagem:

Caros editores do Videira,

Essa é uma matéria que escrevi para o jornal. Não se deem ao trabalho de procurar meu nome, pois não vão achá-lo. Não quero que meus amigos ou outros alunos saibam que escrevi isso.

Franzindo a testa, Laurie pegou a matéria. No topo da página, o autor anônimo escrevera um título:

Sejam bem-vindos à Onda, senão...

Estou no segundo ano do Colégio Gordon. Há três ou quatro dias, eu e meus amigos ouvimos falar de um negócio chamado a Onda, do qual todo mundo do último ano está participando. Ficamos interessados. Vocês sabem como a galera do segundo ano sempre quer ser igual à do terceiro.

Vários de nós fomos à aula do sr. Ross para ver do que se tratava. Alguns dos meus amigos gostaram do que ouviram, mas outros ficaram incertos. Parecia um jogo bobo.

Quando a aula terminou, nós começamos a sair. Mas fomos parados por um aluno do terceiro ano no corredor. Eu não o conhecia, mas ele disse que era da aula do sr. Ross e perguntou se queríamos entrar para a Onda. Dois dos meus amigos responderam que sim, dois responderam que não sabiam e eu respondi que não tinha interesse.

O garoto começou a nos dizer como a Onda era incrível. Disse que quanto mais alunos se filiassem, melhor ficaria. Disse que quase todos do terceiro ano tinham se filiado, assim como a maioria dos alunos do meu ano.

Em pouco tempo, meus dois amigos que, de início, disseram não saber se queriam participar mudaram de ideia e confirmaram que tinham *interesse em entrar. Então o garoto se virou para mim e perguntou: "Você não vai ficar do lado dos seus amigos?".*

Eu respondi que eles continuariam a ser meus amigos, mesmo que eu não entrasse para o grupo. Ele continuou me perguntando por que eu não queria entrar. Eu só respondi que não estava a fim.

Então ele ficou irritado. Disse que logo, logo os integrantes da Onda não iam querer ser amigos de quem estivesse de fora. Até disse que eu perderia todos os meus amigos se não entrasse. Acho que estava tentando me assustar.

Mas o feitiço virou contra o feiticeiro. Um dos meus amigos disse que não entendia por que alguém deveria se filiar se não quisesse. Os outros concordaram, e nós fomos embora.

Hoje eu descobri que três dos meus amigos se filiaram depois que outros alunos do terceiro ano falaram com eles. Quando vi o garoto da aula do sr. Ross no corredor, ele me perguntou se eu já tinha mudado de ideia. Eu respondi que não tinha a intenção. Ele falou que se eu não o fizesse logo, seria tarde demais.

Só o que quero saber é: tarde demais para quê?

Laurie dobrou a matéria e a devolveu ao envelope. Seus pensamentos sobre a Onda começavam a tomar forma.

* * *

Quando Ben deixou a sala do diretor Owens, viu vários alunos estendendo uma grande faixa da Onda no corredor. Era o dia da assembleia de incentivo; a assembleia da Onda, Ross precisou se lembrar. Havia mais alunos no corredor agora, e ele parecia estar fazendo a saudação da Onda sem parar. Se continuasse assim por muito mais tempo, ele ficaria com o braço dolorido, pensou.

Mais à frente no corredor, Brad e Eric estavam a uma mesa distribuindo panfletos mimeografados e gritando: "Força Por Meio da Disciplina, Força Por Meio da Comunidade, Força Por Meio da Ação".

— Aprendam tudo sobre a Onda — dizia Brad aos alunos de passagem. — Aqui está um panfleto.

— E não se esqueçam da assembleia da Onda nessa tarde — lembrou Eric. — Trabalhem juntos e alcancem seus objetivos.

Ben sorriu com exaustão. A energia infindável desses garotos o estava cansando. Havia pôsteres da Onda por toda a escola. Todos os integrantes pareciam envolvidos em alguma atividade: recrutando novos alunos, disseminando informação, preparando o ginásio para a assembleia daquela tarde. Ben achou tudo quase opressivo.

Um pouco além no corredor, ele teve uma sensação engraçada e parou. Sentia como se estivesse sendo seguido. Alguns metros atrás dele estava Robert, sorrindo. Ben sorriu de volta e continuou andando, mas parou de novo alguns segundos depois. Robert continuava atrás dele.

— Robert, o que você está fazendo? — perguntou o sr. Ross.

— Sr. Ross, eu sou seu guarda-costas — anunciou o aluno.

— Meu o quê?

Robert hesitou um pouco.

— Quero ser seu guarda-costas — respondeu ele. — Tipo, você é o líder, sr. Ross; não posso deixar nada acontecer com o senhor.

— O que poderia acontecer comigo? — perguntou Ben, assustado pela ideia.

Mas Robert pareceu ignorar a pergunta.

— Sei que precisa de um guarda-costas — insistiu ele. — Eu posso cumprir a função, sr. Ross. Pela primeira vez na vida, me sinto... Bem, ninguém mais faz piada comigo. Sinto que faço parte de algo especial.

Ben assentiu.

— Então, posso ser seu guarda-costas? — perguntou Robert.

— Sei que precisa de um. Posso cumprir a função, sr. Ross.

Ben olhou para o rosto de Robert. Onde antes havia um garoto retraído e inseguro, agora se encontrava um integrante sério da Onda, preocupado com seu líder. Mas um guarda--costas? Ben hesitou por um momento. Isso não estava indo um pouco longe demais? Cada vez mais ele começava a reconhecer a posição de importância que seus alunos estavam inconscientemente forçando sobre ele; o líder absoluto da Onda. Várias vezes nos últimos dias ele tinha ouvido integrantes da Onda discutindo "ordens" que ele dera: ordens para prender pôsteres nos corredores, ordens para organizar o movimento da Onda em outras turmas, até mesmo a ordem de transformar a assembleia de incentivo numa assembleia da Onda.

A parte insana era: ele nunca dera tais ordens. De alguma forma, elas se desenvolveram na imaginação dos alunos e, uma vez ali, eles automaticamente tinham assumido que vieram de Ben. Era como se a Onda tivesse criado vida própria, e ele e seus alunos estivessem literalmente surfando nela. Ben Ross olhou para Robert Billings. Em algum lugar de sua mente, ele sabia que se concordasse em deixar Robert ser seu guarda-costas, também estaria concordando em se tornar uma pessoa que precisava de um guarda-costas. Mas isso não era parte do que o experimento exigia?

— Tudo bem, Robert — declarou. — Você pode ser meu guarda-costas.

O garoto abriu um sorriso largo. Ben piscou para ele e continuou a seguir pelo corredor. Talvez fosse útil ter um guarda-costas. Era essencial ao experimento que ele mantivesse a imagem de líder da Onda. Ter um guarda-costas só reforçaria essa imagem.

CAPÍTULO 12

A assembleia da Onda aconteceria no ginásio, mas Laurie Saunders estava parada ao lado do escaninho, sem saber se queria ir. Ela ainda não sabia dizer exatamente o que a incomodava na Onda, mas o sentimento crescia dentro dela. Havia algo errado. A carta anônima daquela manhã era um sintoma. Não era só o fato de que um garoto do terceiro ano fizera bullying com um do segundo ano para tentar forçá-lo a entrar no movimento. Era mais; o aluno do segundo ano não ter assinado a carta, o fato de ter sentido medo de fazer isso. Era algo que a própria Laurie passara dias tentando negar, mas que simplesmente não desaparecia. A Onda era assustadora. Ah, era ótima, se você fosse um integrante subordinado. Mas se não fosse...

Os pensamentos de Laurie foram interrompidos por uma súbita gritaria do lado de fora. Ela correu para uma janela e viu que dois garotos brigavam enquanto uma multidão de alunos assistia e berrava. Laurie arquejou. Um deles era Brian Ammon! Ela viu os dois trocarem socos e lutarem no chão, sem jeito. Como assim?

Então um professor correu para fora e os separou. Segurando cada um por um braço, ele começou a puxá-los para dentro, sem dúvida para a sala do diretor Owens. No caminho, Brian gritou:

— Força Através da Disciplina! Força Através da Comunidade! Força Através da Ação!

O outro garoto respondeu no mesmo volume:

— Ah, não enche.

— Viu isso?

A última frase veio tão de perto que Laurie se assustou, virando num pulo e encontrando David ao seu lado.

— Tomara que o diretor Owens deixe Brian participar da assembleia da Onda depois disso — comentou o garoto.

— Eles estavam brigando por causa da Onda? — perguntou Laurie.

David deu de ombros.

— É mais do que isso. Aquele garoto que estava brigando com Brian é um aluno do segundo ano chamado Deutsch; ele está de olho na posição de Brian no time há semanas. Essa tensão vinha crescendo há tempos. Só espero que tenha recebido o que merece.

— Mas Brian estava gritando o lema da Onda — argumentou Laurie.

— Ué, claro. Ele está realmente dedicado à Onda. Todos nós estamos.

— Até o garoto com quem ele estava brigando?

David fez que não com a cabeça.

— Que nada, Deutsch é um babaca, Laurie. Se ele estivesse na Onda, não tentaria roubar o lugar de Brian. Aquele cara é um atraso para o time. Quero que Schiller o expulse.

— Porque ele não faz parte da Onda?

— É. Se quisesse mesmo o melhor para o time, entraria para a Onda em vez de ficar dificultando a vida de Brian desse jeito. Ele joga sozinho, Laurie. Tem um ego gigante e não ajuda ninguém. — David olhou o relógio ao fim do corredor. — Vamos, temos que ir para a assembleia. Vai começar num segundo.

De repente, Laurie se decidiu.

— Eu não vou — disse.

— O quê? — David pareceu chocado. — Por que não?

— Porque não quero.

— Laurie, essa assembleia vai ser incrivelmente importante — insistiu ele. — Todos os novos integrantes da Onda estarão lá.

— David, acho que vocês todos estão levando esse negócio da Onda um pouco a sério demais.

David balançou a cabeça.

— Não estou, não. Você que não está levando a sério o bastante. Olha, Laurie, você sempre foi uma líder. Os outros alunos sempre admiraram você. Precisa ir a essa assembleia.

— Mas é exatamente por isso que eu não vou — tentou explicar Laurie. — Deixe que eles se decidam sozinhos sobre a Onda. São indivíduos. Não precisam da minha ajuda.

— Eu não entendo você.

— David, eu não consigo acreditar no quanto todo mundo ficou maluco. A Onda está tomando conta de tudo.

— Claro. Porque a Onda faz sentido, Laurie. Ela funciona. Todo mundo no mesmo time. Todo mundo, enfim, igual.

— Ah, que maravilhoso — disse Laurie com sarcasmo. — Todos nós vamos marcar um touchdown?

David deu um passo atrás e analisou a namorada. Ele não estava esperando aquilo. Não vindo de Laurie.

— Você não vê — continuou ela, confundindo sua hesitação com um lampejo de dúvida. — Você é tão idealista, David. Está tão focado em criar algum tipo de sociedade utópica de pessoas iguais e times de futebol ótimos que não enxerga a realidade. Isso não é possível, David. Sempre vai haver algumas pessoas que não vão querer fazer parte. Elas têm direito a isso.

David semicerrou os olhos para a namorada.

— Sabe de uma coisa — começou ele —, você só é contra a Onda porque não é mais especial. Porque não é mais a melhor nem a mais popular da turma.

— Isso não é verdade, e você sabe! — exclamou Laurie com um arquejo.

— Acho que é verdade, sim! — insistiu David. — Agora você sabe como o resto de nós se sente ao ouvir você sempre dando as respostas certas. Sempre sendo a melhor. O que está achando de não ser mais a melhor?

— David, você está sendo idiota! — gritou ela.

Ele assentiu.

— Tudo bem, se eu sou tão idiota, por que você não vai procurar um namorado inteligente?

Ele se virou e andou na direção do ginásio.

Laurie ficou parada, observando-o partir. Que maluquice, pensou. Tudo estava saindo do controle.

Do que Laurie pôde ouvir, a assembleia da Onda foi um grande sucesso. Ela passou aquele tempo na redação, ao fim do corredor. Era o único lugar onde imaginava que estaria a salvo de olhares questionadores de alunos se perguntando por que ela não participara do evento. Laurie não queria admitir que estava se escondendo, mas era verdade. Esse era o nível da loucura em que essa coisa toda se transformara. Quem não fazia parte precisava se esconder.

Laurie pegou uma caneta e a mordeu com nervosismo. Precisava fazer alguma coisa. O *Videira* precisava fazer alguma coisa.

Alguns minutos depois, o som da maçaneta a arrancou dos seus pensamentos. Laurie prendeu o fôlego. Será que alguém fora buscá-la?

A porta se abriu, e Alex entrou dançando no ritmo que saía de seus fones de ouvido.

Laurie voltou a afundar na cadeira e soltou um longo suspiro.

Quando Alex viu a garota, ele sorriu e tirou os fones.

— Ei, como assim você não está com as tropas?

Laurie balançou a cabeça.

— Alex, não é *tão* ruim assim.

Mas ele só sorriu mais.

— Ah, não? Não falta muito para terem que mudar o nome da escola para Forte do Colégio Gordon.

— Não é engraçado, Alex.

Ele deu de ombros e fez uma careta.

— Laurie, você precisa entender que nada está acima do ridículo.

— Bem, se você acha que são tropas, não está com medo de ser recrutado também? — perguntou ela.

Alex sorriu.

— Quem, eu? — Então ele cortou o ar com vários golpes de caratê, aparentemente ferozes. — Se alguém mexer comigo, eu o transformo em picadinho com meu kung fu.

A porta voltou a se abrir, dessa vez permitindo a entrada de Carl. Ao ver Laurie e Alex, ele sorriu.

— Parece que esbarrei com o sótão de Anne Frank — comentou.

— Os últimos dos indivíduos remanescentes — respondeu Alex.

Carl assentiu.

— Eu acredito. Acabei de vir da assembleia.

— Deixaram você sair? — perguntou Alex.

— Eu precisava ir ao banheiro.

— Ei, cara — disse Alex. — Você veio ao lugar errado.

Carl sorriu.

— Eu vim pra cá depois do banheiro. Qualquer lugar menos aquela assembleia.

— Bem-vindo ao clube — falou Laurie.

— Talvez devamos nos dar um nome — sugeriu Alex. — Se eles são a Onda, nós podemos ser a Marola.

— O que você acha? — perguntou Carl.

— Sobre nos chamarmos de a Marola? — questionou Laurie.

— Não, sobre a Onda.

— Acho que está na hora de publicarmos a próxima edição do *Videira* — disse Laurie.

— Me desculpe por expressar minha nem sempre séria opinião — começou Alex —, mas acho que precisamos publicar isso logo, antes que o resto da equipe seja levado pela Poderosa Onda.

— Avisem aos outros integrantes da redação — anunciou Laurie. — No domingo, às duas da tarde, teremos uma reunião de emergência na minha casa. E tentem garantir que apenas quem não faz parte da Onda esteja presente.

Naquela noite, Laurie ficou sozinha no quarto. Passara a tarde toda preocupada demais com a Onda para se permitir qualquer sentimento em relação a David. Além disso, eles já haviam brigado antes. Porém, mais cedo durante a semana, ele tinha combinado de levá-la para sair naquela noite, e já eram 22h30. Era óbvio que ele não viria, mas Laurie não conseguia acreditar. Eles estavam juntos desde o primeiro ano do ensino médio e, de repente, algo tão trivial quanto a Onda os separara; exceto que a Onda não era trivial. Não mais.

Em vários momentos da noite a sra. Saunders havia aparecido no quarto dela e perguntado se ela queria conversar, mas Laurie disse que não. Sua mãe era tão neurótica, e o problema era que, dessa vez, realmente havia algo digno de preocupação. Laurie estivera sentada à sua escrivaninha tentando escrever algo sobre a Onda para o *Videira*, mas, até então, a página estava vazia, exceto por uma ou duas marcas de lágrimas.

Alguém bateu na porta, e Laurie rapidamente limpou os olhos com a palma das mãos. Era inútil; se sua mãe entrasse, veria que ela estava chorando.

— Não quero falar, mãe — declarou ela.

Mas a porta já havia começado a se abrir.

— Não é sua mãe, querida.

— Pai?

Laurie ficou surpresa ao ver o pai. Não que ela não se sentisse próxima dele, mas, ao contrário da mãe, ele normalmente não se envolvia em seus problemas. A não ser que eles, de alguma forma, tivessem a ver com golfe.

— Posso entrar? — perguntou o pai.

— Bem, pai — Laurie sorriu de leve —, levando em consideração que você já entrou...

O sr. Saunders assentiu.

— Desculpe invadir, querida, mas sua mãe e eu estamos preocupados.

— Ela te contou que o David terminou comigo?

— Hum, sim, contou. E eu sinto muito, querida, de verdade. Achei que ele fosse um garoto legal.

— Ele era. — Até a Onda, pensou Laurie.

— Mas, hum, eu estou preocupado com outra coisa, Laurie. Com algo que escutei no campo de golfe essa tarde.

O sr. Saunders sempre saía do trabalho mais cedo nas sextas para jogar num campo de nove buracos com uma liga de golfe que competia até o pôr do sol.

— O quê, pai?

— Hoje, depois da escola, um garoto foi espancado. Veja bem, eu escutei a história de segunda mão, então não sei se procede. Mas, aparentemente, houve algum tipo de assembleia na escola, e ele se recusou a entrar pra esse jogo da Onda ou a criticou de alguma forma.

Laurie ficou sem palavras.

— Os pais do garoto são vizinhos do homem com quem eu jogo golfe. Eles se mudaram para cá esse ano. Então o garoto devia ser novo na escola.

— Parece que ele seria um candidato perfeito para a Onda — comentou Laurie.

— Talvez. Mas, Laurie, o garoto é judeu. Será que pode ter tido alguma coisa a ver?

Laurie ficou boquiaberta.

— Você não acha... Pai, você não pode acreditar que tem algo desse tipo acontecendo. Quer dizer, eu não gosto da Onda, mas não é assim, pai, eu juro.

— Tem certeza? — perguntou o sr. Saunders.

— Bem, eu, hum, conheço todos os integrantes originais da Onda. Eu estava lá quando tudo começou. A ideia toda era mostrar como algo feito na Alemanha nazista pode ter acontecido. Não era para nos tornarmos nazistinhas. É... é...

— Parece que a situação saiu de controle, Laurie — afirmou o pai. — Não é?

Laurie só assentiu. Estava muito chocada para conseguir dizer alguma coisa.

— Alguns dos caras estavam falando sobre ir à escola na segunda para conversar com o diretor — comentou o sr. Saunders. — Sabe, só para garantir.

Laurie fez que sim.

— Vamos lançar uma edição especial do *Videira*. Vamos expor essa coisa toda.

Seu pai ficou quieto por alguns momentos.

— Parece uma boa ideia, querida. Mas tome cuidado, tá?

— Vou tomar, pai. Prometo.

CAPÍTULO 13

Durante a temporada de jogos de futebol dos últimos três anos, se sentar com Amy nas partidas de sábado virara um hábito para Laurie. David, é claro, era do time, e por mais que Amy não tivesse um namorado fixo, os caras com quem ela saía eram quase sempre jogadores de futebol. Quando chegou a tarde de sábado, Laurie não via a hora de se encontrar com Amy; precisava contar o que descobrira. Fora surpreendente o fato de ela ter sido condizente com a Onda por tanto tempo, mas Laurie tinha certeza de que a amiga voltaria a si assim que soubesse sobre o garoto espancado. Além disso, Laurie precisava desesperadamente falar com a amiga sobre David. Ela continuava sem entender como algo tão idiota quanto a Onda poderia fazer o namorado terminar com ela. Talvez Amy soubesse de alguma coisa que ela não sabia. Talvez pudesse conversar com David por ela.

Laurie chegou ao jogo bem quando estava começando. Era, sem dúvida, o maior público do ano, e Laurie levou um momento para avistar os cachos loiros de Amy em meio à arquibancada cheia. Ela estava lá em cima, quase na última fileira. Laurie correu para um corredor e estava prestes a começar a subir quando alguém gritou:

— Pare!

Laurie parou e viu Brad se aproximando.

— Ah, oi, Laurie, não reconheci você de costas — disse ele. Então fez a saudação da Onda.

Laurie ficou imóvel. Brad franziu a testa.

— Ah, vai, Laurie, só faz a saudação que eu te deixo subir.

— Do que você está falando, Brad?

— Sabe, a saudação da Onda.

— Você está dizendo que eu não posso subir na arquibancada se não fizer a saudação da Onda? — perguntou ela.

Brad olhou ao redor, constrangido.

— Bem, foi o que eles decidiram, Laurie.

— Quem são eles?

— A Onda, Laurie, você sabe.

— Brad, achei que *você* fosse a Onda. Você é da turma do sr. Ross.

O garoto deu de ombros.

— Eu sei. Olha, o que tem de mais? Só faz a saudação que eu te deixo subir.

Laurie ergueu o olhar para as arquibancadas lotadas.

— Você quer dizer que todo mundo ali fez a saudação?

— Bem, sim. Nessa parte das arquibancadas.

— Bem, eu quero subir e não quero fazer a saudação da Onda — disse Laurie com raiva.

— Mas você não pode — respondeu Brad.

— Quem disse? — perguntou ela em voz alta.

Vários alunos por perto olharam. Brad corou.

— Olha, Laurie — falou ele baixinho. — Só faz logo essa saudação idiota.

Mas Laurie estava irredutível.

— Não, isso é ridículo. Até você sabe que é ridículo.

Brad se remexeu com desconforto. Então, olhou ao redor de novo e disse:

— Tudo bem, não faça a saudação, só vá em frente. Acho que ninguém está olhando.

Mas, de repente, Laurie não queria mais se juntar àquelas pessoas. Não tinha qualquer intenção de se esgueirar para dentro da Onda. Aquela situação toda se tornara insana. Mesmo alguns dos integrantes da Onda, como Brad, sabiam que era insana.

— Brad — disse ela. — Por que você está fazendo isso, se sabe que é idiota? Por que faz parte disso?

— Olha, Laurie, eu não posso falar sobre isso agora. O jogo está começando, eu deveria estar liberando as pessoas para a arquibancada. Tenho muito o que fazer.

— Você está com medo? — perguntou Laurie. — Está com medo do que os outros integrantes da Onda vão fazer se você não concordar com eles?

Brad abriu a boca por alguns segundos, mas não emitiu som nenhum.

— Não estou com medo de ninguém, Laurie — respondeu ele, enfim. — E é melhor você ficar de boca fechada. Sabe, muita gente notou que você não compareceu à assembleia da Onda ontem.

— E daí? O que tem?

— Não estou dizendo nada. Só estou avisando.

Laurie ficou chocada. Queria saber o que ele estava tentando dizer, mas havia um grande jogo no campo. Brad se virou, e suas palavras se perderam no alarido da plateia.

Na tarde de domingo, Laurie e alguns integrantes da equipe do *Videira* transformaram a sala de estar dos Saunders numa sala de redação, enquanto montavam uma edição especial do jornal dedicada quase inteiramente à Onda. Faltavam vários integrantes, e quando Laurie perguntou o porquê ao restante, eles pareceram relutantes em responder a princípio. Então Carl disse:

— Tenho a sensação de que alguns dos nossos companheiros prefeririam não incorrer a ira da Onda.

Laurie olhou ao redor para os alunos presentes, que acenavam com a cabeça em concordância.

— Amebas choramingonas e descerebradas — gritou Alex, pulando de pé e erguendo o punho acima da cabeça. — Juro lutar contra a Onda até o fim. Dê-me liberdade, ou dê-me espinhas!

Ele olhou para os rostos confusos ao redor.

— Bem — explicou —, imaginei que espinhas fossem piores do que a morte.

— Senta, Alex — pediu alguém.

Alex se sentou, e o grupo voltou ao trabalho de montar o jornal. Mas Laurie podia sentir que todos estavam intensamente conscientes dos integrantes ausentes.

A edição especial sobre a Onda incluiria a matéria do aluno anônimo do segundo ano e um relatório que Carl fizera sobre o garoto do primeiro ano que apanhou.

No fim das contas, o garoto não tinha sido gravemente ferido, apenas hostilizado por uns dois arruaceiros. Havia até mesmo alguma incerteza sobre o motivo da briga; se fora sobre a Onda, ou se os valentões a usaram como desculpa. No entanto, um deles chamara o garoto de judeu sujo. Os pais do garoto disseram a Carl que manteriam o filho fora da escola e que planejavam visitar o diretor Owens pessoalmente na segunda de manhã.

Havia outras entrevistas com pais preocupados e professores apreensivos. Porém, o artigo mais importante era uma coluna que Laurie passara boa parte do sábado escrevendo. Ela acusava a Onda de ser um movimento perigoso e irresponsável, que suprimia a liberdade de expressão e pensamento e que batia de frente com todos os valores fundamentais do país. Ela apontava que a Onda já começara a causar mais mal do que bem (mesmo com o movimento em voga, o time da escola, Gladiadores do Colégio Gordon, havia perdido para o Clarkstown de 42 a 6) e alertava que, a menos que fosse interrompida, faria muito pior.

Carl e Alex disseram que mandariam o jornal para a gráfica no primeiro horário da manhã seguinte. Pela hora do almoço, a tiragem inteira já teria sido distribuída.

CAPÍTULO 14

Laurie precisava fazer mais uma coisa antes do jornal ser publicado. Na segunda de manhã, ela precisava encontrar Amy e explicar sobre a matéria. Ainda tinha esperanças de que a amiga, assim que a lesse, passasse a ver a Onda pelo que era e mudasse de opinião. Laurie queria avisá-la com antecedência para que ela pudesse sair da Onda em caso de problemas.

Ela encontrou Amy na biblioteca da escola e lhe deu uma cópia da coluna para ler. Enquanto Amy lia, sua boca foi se abrindo cada vez mais. Finalmente, ela ergueu o olhar para Laurie e perguntou:

— O que você vai fazer com isso?

— Publicar no jornal.

— Mas você não pode dizer essas coisas sobre a Onda.

— Por que não? É verdade. Amy, a Onda se tornou uma obsessão para todo mundo. Ninguém mais está pensando por conta própria.

— Ah, vai, Laurie. Você só está chateada. Está se deixando afetar pela briga com David.

Laurie balançou a cabeça.

— Amy, estou falando sério. A Onda está machucando pessoas. E todo mundo está se deixando levar feito um rebanho de carneirinhos. Não acredito que você ainda faça parte disso, mesmo depois de ler a coluna. Não enxerga o que a Onda significa? Ela faz todo mundo se esquecer de quem é. É como *A noite dos mortos-vivos*, ou algo do tipo. Por que você quer fazer parte disso?

— Porque significa que, finalmente, ninguém é melhor do que ninguém — respondeu Amy. — Porque, desde que nos tornamos amigas, tudo que fiz foi tentar competir com você e acompanhar o seu ritmo. Mas agora eu não sinto que preciso ter um namorado do time de futebol feito você. E, se eu não quiser, não preciso tirar as mesmas notas que você, Laurie. Pela primeira vez em três anos, eu sinto que não preciso acompanhar o ritmo de Laurie Saunders para que as pessoas continuem gostando de mim.

Laurie sentiu arrepios descerem por seus braços.

— Eu... Eu, hum, sempre soube que você se sentia assim — gaguejou ela. — Sempre quis conversar sobre isso com você.

— Você não sabe que metade dos pais dessa escola fala pros filhos "Por que você não pode ser igual à Laurie Saunders"? — continuou Amy. — Ah, vai, Laurie, o único motivo pelo qual você é contra a Onda é porque ela significa que você não é mais uma princesa.

Laurie estava atordoada. Até mesmo sua melhor amiga, alguém tão inteligente quanto Amy, estava se voltando contra ela por causa da Onda. Era enervante.

— Bem, eu vou publicar a coluna — declarou.

Amy ergueu o olhar e disse:

— Não faça isso, Laurie.

Mas Laurie balançou a cabeça.

— Já fiz — retrucou. — E sei o que preciso fazer.

Era como se ela fosse uma desconhecida de repente. Amy olhou o relógio.

— Preciso ir — disse, então se afastou, deixando Laurie sozinha na biblioteca.

As cópias do *Videira* nunca tinham se espalhado tão depressa quanto naquele dia. A escola estava em polvorosa com as notícias. Pouquíssimos alunos tinham ouvido falar do estudante do primeiro ano espancado, e é claro que ninguém ouvira a história do aluno anônimo do segundo ano. Mas, assim que essas matérias apareceram no jornal, outras histórias começaram a circular. Relatos de ameaças e maus-tratos direcionados a alunos que, por uma ou outra razão, tinham resistido à Onda.

Também havia outros rumores circulando: que professores e pais tinham passado a manhã na sala do diretor Owens reclamando e que terapeutas da escola tinham começado a questionar alunos. Os corredores e as salas de aula estavam tomados por um clima de inquietude.

Na sala dos professores, Ben Ross baixou sua cópia do *Videira* e massageou as têmporas com os dedos. Sentia uma súbita dor de cabeça. Algo saíra errado, e em algum lugar de sua mente, Ross suspeitava de que fosse o culpado. O ataque ao garoto era terrível, inacreditável. Como ele poderia justificar um experimento com tais resultados?

Ele também se surpreendeu ao se flagrar perturbado diante da derrota vergonhosa do time de futebol americano para Clarkstown. Pareceu-lhe estranho que, apesar de não dar a mínima sobre o desempenho esportivo da escola, essa derrota o incomodasse tanto. Seria por causa da Onda? Durante a última semana, ele começara a acreditar que a vitória do time poderia representar um forte argumento para o sucesso do movimento.

Mas desde quando ele queria o sucesso da Onda? Seu sucesso ou fracasso não era o objetivo do experimento. Ele deveria estar interessado no que os alunos aprenderam com a Onda, não na Onda em si.

Havia uma caixinha de remédios na sala dos professores abastecida com praticamente todas as marcas de aspirina e outros remédios para dor de cabeça já inventados. Um amigo dele uma vez destacara que, enquanto os médicos sofriam dos maiores índices de suicídio, os professores tinham os maiores índices de dor de cabeça. Ben tirou três comprimidos de um frasco e foi buscar um pouco de água perto da porta.

Mas, assim que chegou lá, o professor parou. Ele ouvia vozes vindas do corredor: Norm Schiller e outra voz masculina que ele não reconheceu. Alguém deve ter interceptado Norm logo antes de entrar e começado a conversar com ele em frente à porta. Ben escutou pelo lado de dentro.

— Não, não valeu droga nenhuma — dizia Schiller. — Claro que deixou os alunos empolgados, fez com que pensassem que poderiam ganhar. Mas, no campo, eles não conseguiram executar. Todas as ondas do mundo não significam nada em comparação a uma jogada bem executada. Não há nada que substitua aprender a droga do jogo.

— Se quer saber minha opinião, Ross fez lavagem cerebral nesses alunos — respondeu o homem não identificado. — Eu não sei que diabos ele acha que está inventando, mas não gosto disso. Assim como nenhum dos outros professores com quem eu conversei. Quem ele acha que é?

— Nem me fale — concluiu Schiller.

A porta começou a se abrir, e Ben recuou depressa, entrando no pequeno banheiro de funcionários anexo à sala. Seu coração martelava acelerado e sua cabeça doía ainda mais. Ele engoliu as três aspirinas e evitou se olhar no espelho. Estava com medo de quem poderia enxergar? Talvez um professor de história do ensino médio que acabara, sem querer, num papel de ditador?

David Collins ainda não conseguia entender. Não fazia sentido para ele por que todo mundo não havia se filiado à Onda em primeiro lugar. Assim, não existiriam esses conflitos. Todos eles poderiam ter funcionado como iguais, como companheiros de time. As pessoas estavam rindo e dizendo que a Onda não ajudara em nada o time de futebol no sábado, mas o que elas esperavam? A Onda não era uma droga milagrosa. O time ficara sabendo da Onda exatos cinco dias antes do jogo. O que mudara fora a atitude e o espírito de equipe.

David estava no gramado da escola com Robert Billings e um monte de outros alunos da turma do sr. Ross, olhando para uma cópia do *Videira*. A matéria de Laurie o deixava um pouco enjoado. Ele não ouvira falar nada sobre alguém sendo ameaçado ou machucado, e, até onde sabia, ela e sua equipe tinham inventado tudo. Uma carta sem assinatura e uma história sobre um garoto do primeiro ano de quem ele nunca ouvira falar. Tudo bem, ele estava infeliz por Laurie ter se recusado a fazer parte da Onda. Mas por que ela e outros na mesma situação não podiam simplesmente deixar a Onda em paz? Por que precisavam atacá-la?

Ao seu lado, Robert estava ficando realmente aborrecido com a matéria.

— Isso tudo é mentira — disse com raiva. — Ela não tem permissão pra dizer essas coisas.

— Não importa — respondeu David. — Ninguém se importa com os textos de Laurie ou com o que ela tem a dizer.

— Tá brincando? — retrucou Robert. — Qualquer um que ler isso vai ficar com uma ideia totalmente errada sobre a Onda.

— Eu falei para ela não publicar — comentou Amy.

— Ei, relaxem — falou David. — Não existe nenhuma lei dizendo que as pessoas têm que acreditar no que estamos tentando fazer. Mas se continuarmos a fazer a Onda funcionar, elas vão ver. Vão ver todas as coisas boas de que é capaz.

— É, mas se não tomarmos cuidado — começou Eric —, essas pessoas vão estragar tudo para o resto de nós. Vocês ouviram os rumores que estão circulando hoje? Ouvi dizer que tem pais e professores e todo tipo de gente na sala do diretor Owens reclamando. Acredita nisso? Nesse ritmo, ninguém vai ter uma chance de ver do que a Onda é capaz.

— Laurie Saunders é uma ameaça — declarou Robert, sério. — Ela precisa ser impedida.

David não gostou do tom sinistro na voz de Robert.

— Ei, calma... — começou a protestar.

Mas Brian o interrompeu.

— Não se preocupe, Robert, David e eu podemos dar um jeito na Laurie. Certo, David?

— Hum... — David sentiu a mão de Brian de repente em seu ombro, lentamente o guiando para longe do grupo. Robert assentia com aprovação.

— Olha, cara — sussurrou Brian. — Se alguém pode fazer a Laurie parar, é você.

— É, mas eu não gosto da atitude do Robert — sibilou David de volta. — É como se precisássemos tirar do caminho qualquer um que resista a nós. É o oposto de como deveríamos abordar a situação.

— Dave, me escuta. Robert só se empolga demais às vezes. Mas você precisa admitir que ele tem razão. Se Laurie continuar escrevendo coisas assim, a Onda não terá chance. Só fale para ela sossegar, Dave. Ela vai te escutar.

— Não sei, Brian.

— Olha, vamos esperar por ela depois da escola hoje. Assim vocês podem se falar, tá bom?

David assentiu com relutância.

— Acho que sim.

CAPÍTULO 15

Christy Ross estava apressada para chegar em casa depois do coral daquela tarde. Ben tinha sumido da escola no meio do dia, e ela tinha a impressão de saber o porquê. Quando chegou, encontrou o marido curvado por cima de um livro sobre a juventude nazista.

— O que aconteceu com você hoje? — perguntou ela.

Sem erguer o olhar, Ben respondeu com irritação:

— Fui embora mais cedo. Eu, hum, não estava me sentindo bem. Mas preciso ficar sozinho agora, Chris. Preciso estar preparado para amanhã.

— Mas, amor, eu preciso falar com você — implorou Christy.

— Não dá pra esperar? — perguntou Ben com rispidez. — Preciso terminar isso antes da aula de amanhã.

— Não — insistiu Christy. — É sobre isso que preciso falar com você. Esse negócio da Onda. Você faz alguma ideia do que está acontecendo na escola, Ben? Quer dizer, vamos relevar o fato de que metade da minha turma está matando a minha aula para ir à sua. Você tem noção de que essa Onda sua está causando problemas na escola inteira? Pelo menos três professores me pararam no corredor hoje para perguntar que diabos você está aprontando. E também estão reclamando com o diretor.

— Eu sei, eu sei. Isso é porque eles não entendem o que eu estou tentando fazer.

— Sério, Ben? Você sabia que os terapeutas da escola começaram a chamar os alunos da sua aula para conversar? Tem certeza de que *você* sabe o que está fazendo? Porque, francamente, ninguém mais na escola acha que é o caso.

— Você não acha que eu sei disso? — disse Ben. — Sei o que estão dizendo sobre mim. Que estou enlouquecido de poder... Que estou sendo egocêntrico.

— Você já considerou que eles possam estar certos? Quer dizer, pense nos seus objetivos originais. Eles ainda são os mesmos de agora?

Ben passou as mãos pelo cabelo. Já tinha problemas o suficiente com a Onda.

— Christy, achei que você estivesse do meu lado. — Mas, por dentro, ele sabia que ela estava certa.

— Eu estou do seu lado, Ben — respondeu a esposa. — Mas eu olho para você nestes últimos dias e não o reconheço. Você ficou tão envolvido em desempenhar esse papel na escola que começou a desempenhá-lo em casa. Eu já vi você passar dos limites assim antes, Ben. Agora precisa segurar a onda, amor.

— Eu sei. Deve parecer que eu fui longe demais. Mas não posso parar agora. — Ele balançou a cabeça com exaustão. — Ainda não.

— Então quando? — perguntou Christy com raiva. — Depois que vocês ou alguns desses alunos fizerem algo de que vão se arrepender?

— Você acha que eu não tenho noção disso? — perguntou Ben. — Acha que não me preocupo? Mas eu criei esse experimento, e eles me seguiram. Se eu parar agora, eles vão ficar sem chão. Ficariam confusos e não teriam aprendido nada.

— Bem, deixe que fiquem confusos.

Ben pulou de pé de repente, com uma raiva frustrada.

— Não, eu não vou fazer isso. Não posso fazer isso! — gritou para a esposa. — Eu sou o professor deles. Fui o responsável por enfiá-los nessa situação. Admito que talvez eu tenha mesmo deixado isso se estender por tempo demais. Mas eles chegaram muito longe para simplesmente deixar pra lá. Preciso forçá-los até que entendam. Eu posso estar ensinando a lição mais importante da vida desses alunos!

Christy não se impressionou.

— Bem, eu só espero que o diretor Owens concorde com você, Ben — respondeu ela. — Porque ele me parou quando eu estava indo embora hoje e disse que passou o dia procurando você. Quer ver você no primeiro horário amanhã.

A equipe do *Videira* ficou até mais tarde na escola aquele dia para comemorar sua vitória. A edição sobre a Onda fizera tanto sucesso que era quase impossível encontrar uma cópia extra em algum lugar. Não apenas isso, mas professores, administradores e até mesmo alunos os abordaram durante o dia todo para agradecê-los por revelar "o outro lado" da Onda. Já se ouviam histórias sobre alunos saindo do grupo.

A equipe tinha percebido que uma única edição do jornal não era o suficiente para conter um movimento que ganhara tanto destaque quanto a Onda na última semana. Mas ao menos eles tinham abalado suas estruturas. Carl disse que duvidava que fosse haver mais ameaças contra não integrantes da Onda; ou mais espancamentos.

Como era de praxe, Laurie foi a última a deixar a redação. Uma coisa sobre a equipe do *Videira*: eles eram ótimos em fazer festa, mas quando chegava a hora de arrumar, todos sumiam de alguma maneira. Fora um choque quando Laurie descobriu, há alguns meses, o que realmente significava ter a posição mais alta no jornal, a de editora-chefe. Era obrigada a fazer todos os trabalhinhos idiotas que ninguém mais queria fazer. E, naquela noite, isso queria dizer arrumar tudo depois que o resto da equipe foi para casa.

Quando Laurie terminou, se deu conta de que já tinha escurecido lá fora e que ela estava praticamente sozinha no prédio da escola. Ao fechar a porta do escritório do *Videira* e apagar a luz, aquele nervosismo que ela vinha sentindo a semana inteira começou a voltar. Não havia dúvida de que a Onda estava sofrendo pelas feridas que o *Videira* havia lhe infligido, mas ainda era um movimento forte no Colégio Gordon, e Laurie tinha noção de que, como chefe do jornal, ela... Não, disse a si mesma, estava sendo boba e paranoica. A Onda não era nada sério, só um experimento em sala de aula que saíra um pouco de controle. Não havia o que temer.

Os corredores estavam escuros quando Laurie seguiu até seu armário para guardar um livro de que não precisaria para aquela noite. O silêncio da escola vazia era sinistro. Pela primeira vez ela ouvia sons que nunca escutara antes: os zumbidos e sibilos da corrente elétrica que entrava e saía de alarmes e detectores de fumaça. O som de um líquido borbulhando e espirrando no laboratório, onde algum experimento devia ter sido deixado para fermentar durante a noite. Até mesmo o eco estranhamente alto e oco dos próprios sapatos batendo no chão dos corredores.

A alguns metros do armário, Laurie congelou. Alguém pintara a palavra "inimigo" em sua porta com tinta vermelha. De repente, o som mais alto no corredor era o das batidas rápidas e insistentes do seu coração. Acalme-se, pensou. Alguém só está tentando assustar você. Tentando recobrar o controle, ela começou a inserir a combinação do cadeado. Mas parou no meio. Tinha ouvido alguma coisa? Passos?

Laurie se afastou devagar do armário, aos poucos perdendo a batalha para suprimir o próprio pavor crescente. Ela se virou e começou a andar pelo corredor em direção à saída. O som parecia ficar mais alto, e Laurie se apressou. Os passos ficaram ainda mais altos, e todas as luzes do outro extremo do corredor se apagaram de repente. Apavorada, Laurie se virou e espiou o corredor escuro. Alguém fizera aquilo? Havia alguém lá no fundo?

Quando deu por si, ela estava correndo em direção à saída, ao fim do corredor. Pareceu levar uma eternidade para chegar, e, quando finalmente alcançou as portas duplas de metal e bateu o quadril contra a barra de abertura, descobriu que elas estavam trancadas.

Em pânico, Laurie se jogou contra as portas da lateral. Por milagre, elas se abriram, e Laurie se lançou para o ar fresco da noite, correndo e correndo.

Ela parecia estar correndo por muito tempo quando finalmente ficou sem fôlego e precisou desacelerar, agarrando os livros contra o peito e respirando com dificuldade. Sentia-se mais segura.

David esperava no banco do carona da van de Brian. Estavam estacionados perto das quadras de tênis que ficavam abertas a noite toda; David sabia que quando Laurie saía da escola depois de escurecer, ela sempre pegava esse caminho, por se sentir segura graças à intensidade das luzes das quadras. Fazia quase uma hora que eles estavam sentados na van. Brian ocupava o banco do motorista e mantinha o olhar no retrovisor, esperando por Laurie e assobiando alguma música tão fora do tom que David não fazia ideia de qual era. David observava os jogadores de tênis e escutava o monótono tum-ta-tum das bolinhas sendo batidas de um lado para o outro.

— Brian, posso te fazer uma pergunta? — disse David depois de um longo tempo.

— O quê?

— O que você está assobiando?

Brian pareceu surpreso.

— "Se essa rua fosse minha" — respondeu. Então assobiou mais algumas notas. A canção era irreconhecível vinda dos seus lábios. — Pronto, agora deu para identificar?

David assentiu.

— Claro, Brian, claro. — E voltou a observar os jogadores de tênis.

Um momento depois, Brian ajeitou a postura.

— Ei, aí vem ela.

David se virou e olhou para o fim do quarteirão. Ela vinha pela calçada num passo acelerado. Ele segurou a maçaneta.

— Tudo bem, agora deixa que eu cuido disso sozinho — pediu, puxando a maçaneta.

— Desde que ela entenda — respondeu Brian. — Não estamos mais de brincadeira.

— Claro, Brian — disse David ao sair da van.

Brian estava começando a falar como Robert também.

David precisou correr um pouco para alcançá-la, ainda incerto de como ela lidaria com aquilo. Só o que ele sabia era que seria melhor vindo dele do que de Brian. Ele a alcançou, mas Laurie não parou, e ele precisou andar depressa para acompanhá-la.

— Ei, Laurie, não dá pra esperar? — perguntou ele. — Preciso falar com você. É muito importante.

Laurie desacelerou e olhou para além de David.

— Está tudo bem, não tem mais ninguém vindo — garantiu ele.

Laurie parou. David notou que ela respirava com dificuldade e apertava os livros com força.

— Bem, David — disse ela. — Eu não estou acostumada a te ver sozinho mais. Onde estão suas tropas?

David sabia que precisava ignorar os comentários antagônicos e tentar argumentar logicamente com ela.

— Olha, Laurie, você pode só me ouvir por um minuto, por favor?

Mas ela não parecia interessada.

— David, nós dissemos tudo que havia para dizer um ao outro naquele dia. Não estou a fim de discutir isso de novo, então só me deixa em paz.

Mesmo sem querer, David se sentiu ficando com raiva. Ela nem escutava.

— Laurie, você precisa parar de escrever coisas contra a Onda. Está causando todo tipo de problemas.

— A Onda está causando os problemas, David.

— Não está — insistiu ele. — Olha, Laurie, nós queremos você com a gente, não contra a gente.

Laurie balançou a cabeça.

— Bem, não conte comigo. Eu já disse, estou fora. Isso não é mais um jogo. Pessoas se machucaram.

Ela começou a se afastar, mas David a seguiu.

— Aquilo foi um acidente — continuou ele. — Alguns caras só usaram a Onda como desculpa para bater naquele garoto. Você não vê? A Onda ainda pensa no bem de todos. Por que você não consegue enxergar isso, Laurie? Podemos fazer um sistema todo novo. Podemos fazê-lo funcionar.

— Não comigo.

David sabia que, se não a impedisse, ela fugiria. Simplesmente não era justo que uma pessoa pudesse arruinar tudo para todo mundo. Ele precisava convencê-la. Precisava! Quando viu, tinha agarrado o braço dela.

— Me solta! — Laurie lutou para se soltar, mas David segurou com força.

— Laurie, você precisa parar — disse ele. Simplesmente não era justo.

— David, solta o meu braço!

— Laurie, para de escrever essas matérias! Fique de boca fechada sobre a Onda! Você está estragando tudo para todo mundo!

Mas Laurie continuou resistindo.

— Eu vou escrever e dizer o que eu quiser, e você não pode me impedir! — gritou.

Tomado pela raiva, David segurou seu outro braço. Por que ela precisava ser tão teimosa? Por que não conseguia ver como a Onda podia ser boa?

— Nós podemos te impedir, e vamos! — berrou ele de volta.

Mas Laurie só lutou mais para se libertar.

— Eu te odeio! — gritou ela. — Eu odeio a Onda! Eu odeio todos vocês!

As palavras atingiram David como um tapa forte no rosto. Quase descontrolado, ele berrou:

— Cala a boca! — E a jogou na grama. Seus livros voaram enquanto ela caía com força no chão.

Na mesma hora, David recuou de choque diante do que fizera. Laurie ficou deitada no chão, imóvel, e ele estava cheio de medo ao se ajoelhar e passar os braços ao redor dela.

— Caramba, Laurie, você está bem?

Laurie assentiu, mas pareceu incapaz de falar. Soluços subiam por sua garganta.

David a abraçou com força.

— Meu Deus, me desculpe — sussurrou.

Ele sentia o corpo dela tremendo, e se perguntou como fora capaz de fazer algo tão idiota. O que poderia tê-lo feito querer machucar a garota, aquela que ele, na verdade, ainda amava. Laurie se forçou a sentar, ainda soluçando e arquejando. David não conseguia acreditar. Quase sentia como se saísse de um transe. O que o tinha possuído nos últimos dias para que fizesse algo tão idiota? Ali estivera ele, negando que a Onda poderia machucar alguém ao mesmo tempo que machucava Laurie, sua própria namorada, em nome da Onda!

Era insano; mas David sabia que estava errado. Qualquer coisa que poderia levá-lo a fazer o que acabara de fazer era errada. Só podia ser.

Enquanto isso, avançando lentamente pela rua, a van de Brian passou por eles e desapareceu na noite.

Mais tarde naquela noite, Christy Ross entrou no escritório onde o marido trabalhava.

— Ben — começou com firmeza —, desculpa interromper, mas eu venho pensando e tenho algo importante a dizer.

Ben se recostou na cadeira e olhou para a esposa, inquieto.

— Você precisa acabar com a Onda amanhã — continuou ela. — Sei o quanto ela significa para você e quão importante você a considera para seus alunos. Mas estou falando, isso precisa acabar.

— Como você pode dizer isso? — perguntou Ben.

— Porque, Ben, se você não acabar com isso, estou convencida de que o diretor Owens o fará. E se ele precisar acabar com o seu experimento, ele com certeza será um fracasso. Passei a noite pensando no que você está tentando alcançar, Ben, e acho que estou começando a entender. Mas, quando começou esse experimento, você parou para considerar o que poderia acontecer se ele não desse certo? Já passou pela sua cabeça que está arriscando sua reputação como professor? Se isso der errado, acha que os pais vão deixar seus filhos terem aula com você de novo?

— Você não acha que está exagerando?

— Não — respondeu Christy. — Já passou pela sua cabeça que você não colocou só a si mesmo em risco, mas a mim também? Algumas pessoas acham que, só porque sou sua esposa, também estou envolvida de alguma forma nessa idiotice de Onda. Parece justo, Ben? Parte meu coração saber que, depois de dois anos no Colégio Gordon, você está perigando arruinar seu emprego. Você vai acabar com isso amanhã, Ben. Vai à sala do diretor Owens dizer que está tudo acabado.

— Christy, como você pode me dizer o que fazer? Como seria possível eu acabar com isso num dia sem ser injusto com os alunos?

— Você precisa pensar numa maneira, Ben — insistiu a esposa. — Simples assim.

Ben massageou a testa e pensou na reunião da manhã seguinte com Owens. O diretor era um bom homem, aberto a novas ideias e experimentos, mas estava sob grande pressão. De um lado, pais e professores estavam revoltados com a Onda, pressionando cada vez mais o diretor para pôr um fim ao movimento. De outro lado havia Ben Ross, implorando para ele não interferir, tentando explicar que parar a Onda de forma abrupta seria um desastre para os alunos. Tanto esforço fora dedicado a ela. Acabar com a Onda sem explicação seria como ler a primeira metade de um romance e não terminar. Mas Christy tinha razão. Ben sabia que a Onda precisava acabar. O importante não era quando ela terminaria, mas como. Os alunos precisavam acabar com ela por conta própria, e precisavam entender por quê. Caso contrário, a lição, a dor, tudo que fora investido no movimento seria em vão.

— Christy — disse Ben. — Eu sei que isso deve acabar, mas simplesmente não consigo imaginar como.

Sua esposa deu um suspiro cansado.

— Você está dizendo que vai à sala do diretor Owens amanhã de manhã para falar isso para *ele*? Que sabe que deve acabar, mas não sabe como? Ben, você deveria ser o líder da Onda. É você quem eles deveriam seguir às cegas.

Ben não gostou do sarcasmo na voz dela, mas novamente sabia que estava certa. Os alunos da Onda o tinham transformado em um líder maior do que ele jamais desejara ser. Mas também era verdade que ele não resistira. Na realidade, precisava admitir que, antes do experimento dar errado, ele havia aproveitado aqueles breves momentos de poder. Uma sala cheia de alunos obedecendo aos seus comandos, o símbolo da Onda criado por ele exposto pela escola inteira, até um guarda-costas. Ele já lera que o poder podia ser sedutor, e agora vivenciara isso na pele. Ben passou os dedos pelo cabelo. Os integrantes da Onda não tinham sido os únicos a aprender uma lição sobre poder. Seu professor também aprendera.

— Ben — chamou Christy.

— Sim, eu sei, estou pensando.

Ben estava mais se perguntando. E se houvesse algo que ele pudesse tentar no dia seguinte? E se ele tomasse uma atitude abrupta e final... Os alunos o seguiriam? De uma vez por todas, Ben entendeu como precisava agir.

— Ok, Christy, eu tive uma ideia.

Sua esposa o olhou com dúvida.

— Algo que você tem certeza de que vai funcionar?

Ben balançou a cabeça.

— Não, mas espero que funcione.

Christy assentiu e olhou o relógio. Era tarde, e ela estava cansada. Debruçou-se sobre o marido e o beijou na testa. A pele estava úmida de suor.

— Você vem pra cama? — perguntou.

— Já, já.

Depois que Christy foi para o quarto, Ben repassou o plano na cabeça. Quando parecia completo, ele se levantou, determinado a dormir um pouco. Estava desligando as luzes quando a campainha tocou. Esfregando os olhos com exaustão, Ross arrastou os pés até a porta principal.

— Quem é?

— David Collins e Laurie Saunders, sr. Ross.

Surpreso, Ben abriu a porta.

— O que vocês estão fazendo aqui? — perguntou. — Está tarde.

— Sr. Ross, precisamos conversar com você — respondeu David. — É muito importante.

— Bem, entrem e sentem-se — falou o professor.

Quando David e Laurie entraram, Ben viu que ambos estavam preocupados. Será que algo ainda pior tinha acontecido por causa da Onda? Pelo amor de Deus, tomara que não. Os dois alunos se sentaram no sofá. David se inclinou para a frente.

— Sr. Ross, você precisa nos ajudar — disse ele com a voz agitada.

— O que houve? — perguntou Ben. — Qual é o problema?

— É a Onda — explicou David.

— Sr. Ross — falou Laurie —, sabemos como o movimento é importante para você... Mas ele foi longe demais.

Antes que Ross conseguisse responder, David acrescentou:

— Tomou conta de tudo, sr. Ross. Ninguém pode falar nada contra a Onda. As pessoas estão assustadas.

— Os alunos estão com medo — contou Laurie. — Com medo de verdade. Não apenas de dizer alguma coisa contra a Onda, mas do que pode acontecer a eles se não abaixarem a cabeça.

Ben assentiu. De certo modo, o que esses alunos estavam lhe contando aliviava parte de sua preocupação sobre a Onda. Se seguisse a sugestão de Christy e relembrasse os objetivos originais do experimento, concluiria que os temores de que Laurie e David estavam falando confirmavam o sucesso da Onda. Afinal, ela tinha sido originalmente concebida como uma maneira de mostrar aos alunos como poderia ter sido a vida na Alemanha nazista. Pelo visto, em termos de medo e aquiescência forçada, o experimento fora um sucesso esmagador; até demais.

— Ninguém consegue ter uma conversa sem se perguntar quem está escutando — disse Laurie.

Ben apenas assentiu de novo. Ele se lembrava dos alunos da sua própria aula de história que condenaram os judeus por não levar a sério as ameaças dos nazistas, por não fugir de suas casas e seus guetos quando os primeiros rumores sobre campos de concentração e câmaras de gás chegaram a eles. É claro, pensou Ross, como qualquer pessoa racional acreditaria em algo do tipo? E quem poderia ter acreditado que um bando de adolescentes do bem, como os do Colégio Gordon, poderia se tornar um grupo fascista chamado a Onda? Seria uma fraqueza do homem que o fazia querer ignorar o lado mais sombrio de seus semelhantes?

David o arrancou de seus pensamentos.

— Essa noite eu quase machuquei Laurie por causa da Onda — contou ele. — Eu não sei o que tomou conta de mim. Mas sei que foi o mesmo que dominou quase todos os integrantes do movimento.

— Você precisa acabar com isso — urgiu Laurie.

— Eu sei — afirmou Ben. — Farei isso.

— O que você vai fazer, sr. Ross? — perguntou David.

Ben sabia que não podia revelar seu plano para Laurie e David. Era essencial que os integrantes da Onda se decidissem por conta própria, e para que o experimento fosse um sucesso real, Ben apenas poderia lhes apresentar a evidência. Se David ou Laurie chegasse à escola no dia seguinte e contasse aos outros alunos que o sr. Ross planejava acabar com a Onda, todos ficariam tendenciosos. Poderiam acabar com o movimento sem realmente entender por que precisava acabar. Ou pior, poderiam tentar enfrentá-lo, mantendo a Onda viva, apesar de seu destino óbvio.

— David, Laurie — começou o professor —, vocês descobriram por conta própria o que os outros integrantes da Onda ainda não entenderam. Prometo que amanhã vou tentar ajudar os demais a chegar a essa conclusão. Mas preciso fazer isso do meu jeito, e só posso pedir que vocês confiem em mim. Tudo bem?

David e Laurie assentiram com insegurança enquanto Ben se levantava e os guiava até a porta.

— Vamos lá, está muito tarde para vocês estarem na rua — disse. Conforme os dois saíam, no entanto, Ben teve outra ideia. — Escutem, algum de vocês conhece dois alunos que nunca estiveram envolvidos com a Onda? Dois alunos que os integrantes da Onda não conhecem e de quem não dariam falta?

David pensou por um momento. Por incrível que parecesse, quase todo mundo que ele conhecia na escola entrara para a Onda. Mas Laurie lembrou de duas pessoas.

— Alex Cooper e Carl Block — falou ela. — São da equipe do *Videira*.

— Certo — respondeu Ben. — Agora quero que vocês dois estejam na aula amanhã e ajam como se estivesse tudo bem. Finjam que não conversamos e não contem a ninguém que estiveram aqui hoje ou que falaram comigo. Podem fazer isso?

David assentiu, mas Laurie parecia apreensiva.

— Não sei, sr. Ross.

Mas Ben a interrompeu.

— Laurie, é extremamente importante que façamos as coisas desse jeito. Você precisa confiar em mim. Tudo bem?

Com relutância, Laurie concordou. Ben se despediu, e ela e David saíram para a escuridão.

CAPÍTULO 16

Na manhã seguinte, na sala do diretor Owens, Ben precisou tirar o lenço do bolso e secar o suor da testa. Do outro lado da mesa, o diretor acabara de bater com o punho na mesa.

— Que droga, Ben! Eu não ligo para o seu experimento. Tenho professores reclamando, pais me ligando a cada cinco minutos querendo saber que diabo está acontecendo aqui, que diabo você está fazendo com os filhos deles. Você acha que eu posso falar para *eles* que se trata de um experimento? Meu Deus, cara, sabe aquele garoto que foi atacado na semana passada? O rabino dele veio aqui ontem. O homem passou dois anos em Auschwitz. Você acha que ele dá a mínima para o seu experimento?

Ben ajeitou a postura.

— Diretor Owens, eu entendo a pressão que o senhor está sofrendo. Sei que a Onda foi longe demais. Eu... — Ben respirou fundo. — Percebo agora que cometi um erro. Uma aula de história não é um laboratório de ciência. Não se pode fazer experiências com seres humanos. Em especial com alunos do ensino médio que não têm noção de que fazem parte de um experimento. Mas, por um momento, vamos esquecer que foi um erro, que foi longe demais. Vamos olhar para o que está acontecendo. Nesse momento, temos duzentos alunos que acreditam que a Onda é ótima. Eu ainda posso lhes ensinar uma lição. Só preciso do restante do dia, e posso ensinar uma lição que eles nunca esquecerão.

O diretor Owens o olhou com ceticismo.

— E o que você espera que eu fale para os pais e outros professores nesse meio-tempo?

Ben voltou a dar batidinhas na testa com o lenço. Sabia que estava fazendo uma aposta, mas que outra opção tinha? Colocara seus alunos nessa situação, e precisava tirá-los.

— Fale que eu prometo que tudo vai acabar essa noite.

O diretor arqueou a sobrancelha.

— E como exatamente você pretende fazer isso?

Ben não precisou de muito tempo para explicar o plano. Do outro lado da mesa, Owens bateu as cinzas do cachimbo e refletiu. Um silêncio longo e desconfortável se seguiu. Finalmente, ele disse:

— Ben, eu vou ser absolutamente sincero com você. Esse negócio da Onda foi péssimo para a imagem do Colégio Gordon, e estou muito insatisfeito. Vou lhe dar o dia de hoje. Mas preciso alertá-lo: se não funcionar, eu vou ter que demitir você.

Ben assentiu.

— Entendo.

O diretor Owens se levantou e estendeu a mão.

— Espero que seu plano dê certo, Ben — disse solenemente. — Você é um bom professor, e nós odiaríamos perder você.

No corredor, Ben não tinha tempo de remoer as palavras do diretor Owens. Precisava encontrar Alex Cooper e Carl Block, e precisava agir depressa.

Na aula de história daquele dia, Ben esperou até que os alunos estivessem em posição de atenção. Então falou:

— Tenho um anúncio especial sobre a Onda. Às cinco da tarde de hoje vai haver uma assembleia no auditório; apenas para integrantes.

David sorriu e piscou para Laurie.

— O motivo para a assembleia é o seguinte — continuou o professor. — A Onda não é apenas um experimento de sala de aula. É muito, muito mais do que isso. Vocês não sabiam, mas desde a semana passada, professores como eu de todo o país vêm recrutando e treinando uma brigada da juventude para mostrar ao resto da nação como conquistar uma sociedade melhor.

"Como vocês sabem, esse país acabou de passar por uma década durante a qual uma inflação constante de dois dígitos enfraqueceu severamente a economia. O desemprego está cronicamente alto, as taxas de crime são as piores da história. Nunca antes a moral dos Estados Unidos esteve tão baixa. A não ser que essa tendência seja impedida, um número crescente de pessoas, inclusive os fundadores da Onda, acredita que nosso país está condenado."

David não estava mais sorrindo. Não era isso que ele esperava ouvir. O sr. Ross não parecia estar acabando nem um pouco com a Onda. Na verdade, parecia estar indo mais fundo do que nunca!

— Nós devemos provar que através da disciplina, comunidade e ação podemos salvar esse país — declarou Ross para a turma. — Olha o que conquistamos só nessa escola em poucos dias. Se podemos mudar as coisas aqui, podemos mudá-las em todo lugar.

Laurie lançou um olhar assustado para David. O professor continuou:

— Em fábricas, hospitais, universidades... Em todas as instituições...

David pulou da cadeira em protesto.

— Sr. Ross, sr. Ross!

— Sente-se, David! — ordenou o professor.

— Mas, sr. Ross, você disse...

Ben o interrompeu com urgência.

— Eu mandei sentar, David. Não me interrompa.

David voltou ao assento, incapaz de acreditar no que ouvia enquanto o sr. Ross continuava:

— Agora escutem com atenção. Durante a reunião, o fundador e líder nacional da Onda vai aparecer na televisão para anunciar a formação de um Movimento Nacional da Juventude da Onda!

Por toda sala, os alunos começaram a comemorar. Foi demais para Laurie e David. Ambos ficaram de pé, dessa vez de frente para a turma.

— Calma, calma — implorava David. — Não escutem o que ele está dizendo. Não escutem. Ele está mentindo.

— Vocês não conseguem ver o que ele está fazendo? — perguntou Laurie, emotiva. — Ninguém mais é capaz de pensar por si mesmo?

Mas a sala só silenciou quando a turma os olhou de modo sério.

Ross sabia que precisava agir depressa, antes que Laurie e David revelassem demais. Percebeu que cometera um erro. Pedira aos dois que confiassem nele e não esperava que desobedecessem. Mas, na mesma hora, fez sentido que eles tivessem agido daquela forma. Estalou os dedos.

— Robert, quero que você assuma a aula até eu voltar. Vou escoltar David e Laurie à sala do diretor.

— Sr. Ross, sim!

O professor avançou até a porta e a segurou aberta para Laurie e David.

No corredor, os dois alunos andaram lentamente até a sala do diretor, seguidos pelo sr. Ross. Ao fundo, ouviam coros estáveis e altos emanando da sala do sr. Ross:

— Força Através da Disciplina! Força Através da Comunidade! Força Através da Ação!

— Sr. Ross, você mentiu pra gente ontem à noite — acusou David com amargura.

— Não menti, David. Mas eu falei que vocês precisariam confiar em mim — respondeu ele.

— Por que deveríamos? — perguntou Laurie. — Foi você quem começou a Onda em primeiro lugar.

Era um bom argumento. Ben não conseguiu pensar em nenhum motivo para os dois confiarem nele. Só que deveriam. Esperava que ao fim do dia eles entendessem.

David e Laurie passaram boa parte da tarde esperando do lado de fora da sala do diretor Owens. Estavam arrasados e deprimidos, certos de que o sr. Ross os enganara para fazê--los cooperar e, desse modo, não impedirem o que pareciam ser as horas finais antes do movimento da Onda do Colégio Gordon se juntar ao movimento nacional da Onda, que vinha crescendo simultaneamente em escolas de ensino médio por todo o país.

Até mesmo o diretor Owens parecia incompreensivo quando finalmente arrumou tempo para vê-los. Em sua mesa havia um breve relatório do sr. Ross, e por mais que nenhum dos dois conseguisse ler o que dizia, era óbvio que atestava que Laurie e David haviam atrapalhado a aula. Ambos suplicaram para o diretor acabar com a Onda e com a assembleia das cinco horas, mas o diretor apenas insistiu que tudo ficaria bem.

Em dado momento, ele mandou que os dois voltassem às aulas. David e Laurie não conseguiam acreditar. Ali estavam eles, tentando prevenir a pior coisa que já tinham visto acontecer na escola, e o diretor Owens parecia nem ligar.

No corredor, David jogou o livro dentro do armário e bateu a porta.

— Esquece — falou para Laurie com raiva. — Não vou passar o resto do dia nesse lugar. Estou indo.

— Só espera eu guardar meus livros — respondeu Laurie.
— Vou com você.

Alguns minutos depois, enquanto andavam pela calçada para longe da escola, Laurie sentiu que David estava ficando deprimido.

— Não consigo acreditar em como fui burro, Laurie — dizia ele sem parar. — Não consigo acreditar que caí nessa.

Laurie apertou a mão dele.

— Você não foi burro, David. Você foi idealista. Tipo, havia coisas boas na Onda. Não poderia ser de todo ruim, ou ninguém se filiaria em primeiro lugar. É só que as pessoas não veem o que tem de errado nela. Acham que o movimento torna todos iguais, mas não entendem que ele rouba seu direito de ser independente.

— Laurie, é possível que estejamos errados sobre a Onda?

— Não, David, nós estamos certos.

— Então por que ninguém mais enxerga isso?

— Não sei. É como se estivessem todos num transe. Simplesmente não escutam mais.

David assentiu, sem esperanças.

Ainda estava cedo, e eles decidiram caminhar até um parque ali perto. Nenhum dos dois queria ir para casa ainda. David não tinha certeza do que pensar sobre a Onda ou o sr. Ross. Laurie ainda acreditava que era uma modinha da qual as pessoas iam acabar cansando, independente de quem ou onde a organizasse. O que a assustava era o que seus integrantes poderiam fazer antes de se cansarem.

* * *

— Estou me sentindo sozinho de repente — comentou David enquanto eles andavam pelo meio das árvores do parque. — É como se todos os meus amigos fizessem parte de um movimento maluco e eu fosse um excluído só porque me recuso a ser igualzinho a eles.

Laurie sabia exatamente o que ele queria dizer, porque se sentia da mesma forma. Ela se aproximou de David, que passou o braço ao seu redor. Laurie se sentia mais próxima dele do que nunca. Não era estranho como passar por algo tão ruim podia aproximá-los? Ela se lembrou da noite anterior, de como David se esquecera totalmente da Onda no segundo em que percebeu que a machucara. Ela o abraçou com força, de repente.

— O que foi? — perguntou David, surpreso.

— Ah, hum, nada.

— Hummm. — David olhou para o outro lado.

Laurie sentiu a mente vagando de volta à Onda. Tentou imaginar o auditório da escola naquela tarde, cheio de integrantes do grupo. E algum líder em algum lugar falando com eles pela televisão. O que ele diria? Para queimar livros? Para forçar todos os não integrantes da Onda a usar braçadeira? Parecia tão incrivelmente louco que algo assim pudesse acontecer. Tão... De repente, Laurie se lembrou de algo.

— David — disse ela —, você lembra do dia em que tudo isso começou?

— O dia em que o sr. Ross nos ensinou o primeiro lema?

— Não, David, o anterior; o dia em que vimos aquele filme sobre os campos de concentração nazistas. O dia em que eu estava superchateada. Lembra? Ninguém conseguia entender como todos os outros alemães podiam ter ignorado o que os nazistas estavam fazendo e fingido não saber.

— Sim?

Laurie ergueu o olhar para ele.

— David, você se lembra do que me disse naquela tarde durante o almoço?

Ele pensou por um momento, então fez que não com a cabeça.

— Você me disse que isso nunca voltaria a acontecer.

David a olhou por um segundo, sentindo que sorria com ironia.

— Sabe de uma coisa? — disse ele. — Mesmo com o encontro com o líder nacional na assembleia dessa tarde... Mesmo que eu tenha feito parte disso, ainda não acredito que está acontecendo. É tão insano.

— Eu estava pensando a mesma coisa — acrescentou ela. Então teve uma ideia. — David, vamos voltar pra escola.

— Por quê?

— Quero ver — explicou ela. — Quero ver esse líder. Juro, não vou acreditar que isso está realmente acontecendo até ver com meus próprios olhos.

— Mas o sr. Ross disse que era apenas para integrantes da Onda.

— E daí?

David deu de ombros.

— Não sei, Laurie. Não sei se quero voltar. Eu sinto como... Como se a Onda já tivesse me pegado uma vez e, se eu voltar, ela pudesse me pegar de novo.

— De jeito nenhum — disse Laurie, rindo.

CAPÍTULO 17

Era inacreditável, pensou Ben Ross ao caminhar na direção do auditório. À sua frente, dois dos seus alunos estavam sentados a uma pequena mesa na frente das portas do auditório, conferindo cartões de filiação. Integrantes da Onda fluíam para dentro do auditório, muitos carregando faixas e cartazes. Ross não pôde deixar de pensar que, antes do advento da Onda, seria preciso uma semana para organizar tantos alunos. Nesse dia, não havia levado mais que algumas horas. Esse, sim, era o lado positivo da disciplina, comunidade e ação. Ele se perguntou, caso fosse bem-sucedido em "desprogramar" os alunos da Onda, quanto tempo levaria até que ele voltasse a se deparar com deveres de casa desleixados. O professor sorriu. Seria esse o preço a pagar pela liberdade?

Enquanto Ben observava, Robert, de paletó e gravata, saiu do auditório e trocou saudações com Brad e Brian.

— Está cheio lá dentro — informou Robert. — Os guardas estão posicionados?

— Sim — respondeu Brad.

Robert pareceu satisfeito.

— Ok, vamos checar todas as portas. Garantir que estão trancadas.

Ben esfregou as mãos com nervosismo. Estava na hora. Ele andou na direção da entrada do palco e notou que Christy o aguardava.

— Oi. — Ela lhe deu um beijo rápido na bochecha. — Pensei em vir te desejar boa sorte.

— Valeu, eu vou precisar — respondeu Ben.

Christy ajeitou sua gravata.

— Alguém já disse que você fica ótimo de terno? — perguntou ela.

— Na verdade, Owens disse isso outro dia. — Ben suspirou. — Se eu tiver que começar a procurar um novo emprego, devo usá-los bastante.

— Não se preocupe. Vai dar tudo certo.

Ben se permitiu um sorrisinho.

— Queria ter a sua fé em mim — falou ele.

Christy riu e virou-o na direção da entrada do palco.

— Acaba com eles.

Quando Ben viu, estava perto da lateral do palco, olhando para o auditório lotado de integrantes da Onda. Um momento mais tarde, Robert se juntou a ele.

— Sr. Ross — disse com uma saudação —, todas as portas estão protegidas e os guardas estão posicionados.

— Obrigado, Robert — respondeu Ben.

Era hora de começar. Ao caminhar a passos largos para o centro do palco, Ben relanceou brevemente para as cortinas às suas costas e depois para as cabines de projeção acima dos fundos do cômodo. Quando parou no meio de duas grandes televisões disponibilizadas pelo departamento audiovisual naquele dia, a multidão na mesma hora se pôs a exclamar os lemas da Onda, levantando e fazendo a saudação.

— Força Através da Disciplina! Força Através da Comunidade! Força Através da Ação!

Ben ficou imóvel diante deles. Quando terminaram de entoar, ele ergueu os braços pedindo silêncio. Num instante, o enorme cômodo cheio de alunos silenciou. Quanta obediência, pensou Ben com tristeza. Ele olhou para a grande plateia, consciente de que aquela era provavelmente a última vez que ele seria capaz de prender tanto a atenção deles. Então falou.

— Num momento, nosso líder nacional vai entrar em contato. — Ele se virou e completou: — Robert.

— Sr. Ross, sim.

— Ligue os televisores.

Robert ligou os dois aparelhos de tubo, e as telas ficaram acesas e azuis, sem qualquer imagem ainda. Por todo o auditório, centenas de integrantes ansiosos da Onda se inclinaram para a frente nos assentos, encarando as telas azuis vazias e esperando.

Do lado de fora, David e Laurie tentaram abrir uma das portas duplas do auditório, mas a encontraram fechada. Rapidamente tentaram outra, que também estava fechada. Ainda havia mais duas portas a serem verificadas, então eles correram para o outro lado do auditório.

* * *

As televisões continuavam inertes. Nenhum rosto apareceu na tela e nenhum som saiu dos alto-falantes. Os alunos começaram a se remexer e murmurar com ansiedade ao redor do auditório. Por que nada acontecia? Onde estava o líder deles? O que deveriam fazer? Conforme a tensão na sala continuava a crescer, a mesma pergunta passava sem parar pela mente de todos: o que deveriam fazer?

Da lateral do palco, Ben os olhou de cima, e o mar de rostos o encarou de volta com ansiedade. Seria realmente verdade que a tendência natural das pessoas era procurar por um líder? Alguém para tomar decisões por eles? De fato, era o que diziam os rostos erguidos para ele. Era essa a incrível responsabilidade de todo líder, saber que um grupo assim o seguiria. Ben começou a se dar conta de como esse "experimentozinho" era muito mais sério do que ele jamais imaginara. Era assustadora a facilidade com quem eles colocavam sua confiança nas mãos dele, a facilidade com que deixavam que decidisse por eles. Se as pessoas fossem destinadas a ser lideradas, pensou Ben, era isso o que ele deveria garantir que seus alunos aprendessem: a questionar exaustivamente, nunca depositar sua confiança nas mãos de ninguém às cegas. Se não...

No centro do auditório, um único aluno frustrado pulou de repente do seu assento e gritou para o sr. Ross:

— Não há líder algum, aí está!

Ao redor do auditório, alunos surpresos se viraram depressa enquanto dois guardas da Onda se apressavam para expulsar o ofensor do auditório. Na confusão que se seguiu, Laurie e

David conseguiram se esgueirar para dentro por uma das portas abertas pelos guardas.

Antes que os alunos tivessem tempo de pensar no que acabara de acontecer, Ben voltou a marchar até o centro do auditório.

— Sim, vocês têm um líder! — gritou ele.

Esse era o sinal que Carl Block vinha esperando, escondido nos bastidores. Ele puxou as cortinas do palco a fim de revelar uma grande tela de cinema. No mesmo momento, Alex Cooper, da sala de projeção, ligou um projetor.

— Ali! — gritou Ben ao auditório cheio de alunos. — Ali está o seu líder!

O auditório foi tomado por arquejos e exclamações de surpresa quando uma imagem gigante de Adolf Hitler apareceu na tela.

— É isso! — sussurrou Laurie para David com empolgação. — É o filme que ele passou pra gente naquele dia!

— Agora me escutem com atenção! — berrou Ben. — Não existe Movimento da Juventude Nacional da Onda. Não existe um líder. Mas, se existisse, seria *ele*. Vocês veem no que se transformaram? Veem a direção que tomaram? Quão longe foram? Deem uma olhada no seu futuro!

O filme parava de mostrar Adolf Hitler e focava nos rostos dos jovens nazistas que lutaram por ele durante a Segunda Guerra Mundial. Muitos não passavam de adolescentes, alguns até mais novos do que os alunos na plateia.

— Vocês pensaram que eram tão especiais! — exclamou Ross. — Melhores do que todo mundo do lado de fora dessa sala. Vocês trocaram sua liberdade pelo que chamaram de igualdade. Mas, então, transformaram sua igualdade em superioridade sobre os não integrantes da Onda. Vocês aceitaram a vontade do grupo acima das próprias convicções, sem se importar com quem precisariam machucar para isso. Ah, alguns pensaram que estavam só seguindo o fluxo, que poderiam se afastar a qualquer momento. Mas se afastaram? Algum de vocês tentou se afastar?

"Sim, todos vocês dariam bons nazistas — continuou Ben. — Vocês teriam vestido o uniforme, virado o rosto e permitido que seus amigos e vizinhos fossem perseguidos e destruídos. Vocês dizem que aquele período nunca se repetiria, mas veja quão perto chegaram. Ameaçando quem se recusava a entrar para o movimento, impedindo não membros da Onda de se sentar com vocês durante os jogos de futebol americano. Fascismo não é algo que aquelas outras pessoas fizeram, ele está bem aqui, em todos nós. Vocês perguntam como os alemães puderam ficar parados enquanto milhões de seres humanos inocentes eram assassinados? Como puderam alegar não estarem envolvidos? O que faz as pessoas negarem as próprias histórias?"

Ben se aproximou da frente do palco e falou mais baixo:

— Se a história se repetir, vocês todos vão querer negar o que lhes aconteceu na Onda. Mas se nosso experimento foi bem-sucedido, como acho que vocês podem ver que é o caso, vocês terão aprendido que todos nós somos responsáveis por nossas próprias ações, e que vocês devem sempre questionar o que fazem, em vez de seguir um líder de olhos fechados, e que, pelo resto de suas vidas, vocês nunca, jamais vão permitir que a vontade de um grupo usurpe seus direitos individuais.

Ben fez uma pausa. Até então ele fizera parecer que todos eram culpados. Mas era mais do que isso.

— Agora me escutem, por favor — prosseguiu. — Eu lhes devo desculpas. Sei que está sendo doloroso para vocês. Mas, de certa forma, é possível argumentar que nenhum de vocês tem tanta culpa quanto eu por guiá-los. Queria que a Onda fosse uma grande lição e talvez tenha sido bem-sucedida demais. Certamente me tornei mais líder do que pretendia. E espero que acreditem quando digo que foi uma lição dolorosa para mim também. Só o que posso acrescentar é: espero que essa seja uma lição que vamos compartilhar para o resto da vida. Se formos espertos, não ousaremos esquecê-la.

O efeito nos alunos foi espantoso. Por todo o auditório, eles se levantavam lentamente das cadeiras. Alguns choravam, outros tentavam evitar contato visual com quem estava ao lado. Todos pareciam estupefatos pela lição aprendida. Ao saírem, eles jogaram fora seus pôsteres e faixas. O chão ficou logo repleto de cartões de filiação amarelos, e qualquer vestígio de postura militar foi esquecido enquanto eles saíam curvados do auditório.

Laurie e David avançaram devagar pelo corredor, passando pelos alunos abatidos que saíam da sala. Amy vinha na direção deles com a cabeça baixa. Quando ergueu o olhar e viu a amiga, ela caiu em prantos e correu para abraçá-la.

Atrás dela, David viu Eric e Brian. Ambos pareciam abalados. Eles pararam ao avistá-lo e, por alguns momentos, os três colegas de time permaneceram num silêncio constrangedor.

— Que viagem — falou Eric, sua voz mal passando de um murmúrio.

David tentou aliviar o clima. Sentia-se mal pelos amigos.

— Bem, está acabado agora — falou a eles. — Vamos tentar esquecer isso... Quer dizer, vamos tentar não esquecer isso... Mas vamos tentar esquecer ao mesmo tempo.

Eric e Brian assentiram. Entendiam o que ele queria dizer mesmo que não tivesse feito muito sentido.

Brian fez uma expressão pesarosa e comentou:

— Eu deveria ter percebido. Desde a primeira vez que aquele atacante do Clarkstown furou nossa defesa e fez aquela falta em mim no sábado passado. Eu deveria saber que não era coisa boa.

Os três compartilharam uma risadinha breve, então Eric e Brian saíram do auditório. David andou até o palco onde se encontrava o sr. Ross. O professor parecia muito cansado.

— Desculpa por não ter confiado em você, sr. Ross — disse David.

— Não, foi bom você não ter confiado. Mostrou bom julgamento da sua parte. Eu que deveria pedir desculpas, David. Devia ter contado o que eu estava planejando.

Laurie se juntou a eles e perguntou:

— Sr. Ross, o que vai acontecer agora?

Ben deu de ombros e balançou a cabeça.

— Não tenho certeza, Laurie. Ainda temos bastante conteúdo de história para estudar nesse semestre. Mas talvez devamos separar mais um tempo de aula para discutir o que aconteceu hoje.

— Acho uma boa — disse David.

— Sabe, sr. Ross — falou Laurie. — De certo modo, estou feliz por isso ter acontecido. Quer dizer, é uma pena que tenha chegado a esse ponto, mas fico feliz que tudo tenha se resolvido, e acho que todo mundo aprendeu muito.

Ben assentiu.

— É gentil da sua parte, Laurie. Mas eu já decidi que vou pular essa lição no ano que vem.

David e Laurie se olharam e sorriram. Então se despediram do sr. Ross e começaram a se afastar.

Ben observou Laurie e David e o resto dos antigos integrantes da Onda deixarem o auditório. Quando achou que estava sozinho, suspirou e disse:

— Graças a Deus.

Estava aliviado que tudo terminara bem e agradecido por ainda ter seu emprego no Colégio Gordon. Ainda haveria alguns pais zangados e docentes inflamados para tranquilizar, mas ele sabia que resolveria tudo alguma hora.

Quando se virou para sair do palco, ouviu um soluço e viu Robert debruçado sobre uma das televisões, com lágrimas escorrendo pelo rosto.

Coitado do Robert, pensou Ben. O único que realmente tinha grandes chances de perder alguma coisa com essa situação toda. Ele se aproximou do aluno trêmulo e passou o braço ao redor dos seus ombros.

— Sabe de uma coisa, Robert — falou, tentando animá-lo —, você fica bem de gravata e paletó. Deveria usar com mais frequência.

Robert se esforçou para sorrir em meio às lágrimas.

— Valeu, sr. Ross.

— O que acha de irmos comer alguma coisa? — perguntou Ben, guiando-o para fora do palco. — Acho que deveríamos conversar sobre algumas coisas.

Este livro foi composto na tipografia Minion Pro,
em corpo 11/17, e impresso em papel off-white
no Sistema Digital Instant Duplex
da Divisão Gráfica da Distribuidora Record.